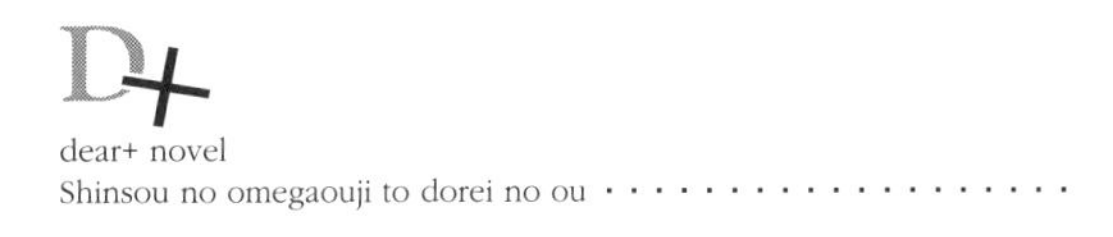

深窓のオメガ王子と奴隷の王

小林典雅

新書館ディアプラス文庫

深窓のオメガ王子と奴隷の王

contents

illustration : 笠井あゆみ

深窓のオメガ王子と
奴隷の王

自分が将来子を孕むことができる性だと知ったのは十になってすぐのことだ。

キリルは通商で栄えるコルトー公国の第二王子で、五つの時から王宮の奥深く、家族や宮廷人たちの住まう居館から隔たれた別棟で、乳母と乳兄弟と暮らしている。

決して家族に疎んじられているわけではなく、国王と王妃である父と母も、七つ上の兄も、日に一度は会いに来て、愛情深く接してくれる。

ただ、ひとときキリルと過ごすと再び扉の向こうに戻ってしまい、キリルのそばには乳母のブラーナとその息子のリオドルスしかいなくなる。

以前は普通に家族や大勢の廷臣や召使いたちと暮らしていたが、あるとき突然キリルだけが城館から五つの隠し扉と地中に長く伸びる地下通路の果てにある、地上からは一番高い物見の塔からも見えないように針葉樹の木々で覆われた森の隠れ家に連れていかれた。

初めて城館の子供部屋を出た日のことはおぼろげに記憶に残っている。

とても眠いのに父に抱きあげられ、いくつもの部屋の本棚や壁掛けの裏に細工された隠し扉を抜けて階段を下り、暗くひと気のない石造りの廊下を、ブラーナの持つ燭台の灯りを頼りに長いこと進み、また階段を上がって厚い扉を開けると、ぱぁっと森からの陽が明るく射しこむ見知らぬ部屋に着いた。

そのときはまだ幼かったので、父が城の秘密の通路や秘密の家に案内してくれて一緒に探検ごっこでもしてくれるのかと思った。

腕の中でうとうとしていたキリルをブラーナに託し、「今日からはここで乳母と乳兄弟と暮らすのだよ」と額にキスをして再び父が扉を出ていったあとも、今度はかくれんぼをしてくれるのかな、とまだのんきに考えていた。

けれど、はっきり目が覚めても父は戻ってきてくれず、もしかしたらこれは遊びじゃないのかも、まさか置き去りにされてしまったのでは、と焦って扉に駆け寄って開けようとしたが、鍵がかけられていて開かなかった。

閉じ込められたとわかって真っ青になり、こんなお仕置きをされるような悪いことをした覚えはないのに、と半泣きになりながら扉に縋って父に許しを乞い、乳母に鍵を開けてくれるよう頼んだが、ブラーナは静かに首を振った。

「キリル様、すべてキリル様の御身をお守りするためのことなのです。国王陛下はまた明日お越しくださいます。王妃様も皇太子殿下もたびたびおいでになりますから、どうかお嘆きになりませんように」

そんなよくわからない理由で五つの子供が納得できるわけはなかったが、乳母の顔つきから泣いても状況は変わりそうもなかったし、耐えがたいほど怖い場所でもなく、生まれたときからそばにいるブラーナとリオドルスも一緒だったので、キリルは明日までならなんとか我慢しようと涙を堪えて頷いた。

初めて見る家はいままで住んでいた王宮とはまるで趣が違い、森番の住まいのようなこぢんまりした設えで、居間の奥に台所、キリルの寝室と乳母母子の部屋しかなく、庭には花やハーブが植えられ、卵や乳の取れる家畜の小屋もあった。

　その日から、城の内からも外からも知る者しか辿りつけない森の陋屋とその周辺だけがキリルの世界になった。

　家族のほかには、父も兄も教わった老教授のゼルガーが一日置きに家庭教師に来てくれるのみで、新しく人と関わる機会もなく、いわば軟禁のような暮らしだったが、大人たちから「これがおまえのためだ」と言い聞かされ、そのうち慣れた。

　ブラーナは王子としての立居振舞や躾には厳しかったが、「そんなことは王子様がなさることではありません」などとあまり言わずにいてくれたので、リオドルスと椅子を並べてゼルガーの講義を聞き終わると、ふたりで森を駆けまわって遊んだり、飼っている鶏や山羊の世話をしたり、宮廷にいた頃より自由に過ごせるのは確かだった。

　ただ、会いに来てくれた両親や兄との別れ際の淋しさにはなかなか慣れず、両親よりは気安く甘えられる兄のコンノートに、

「兄上、わたしはいつまでここにいればいいのでしょう。兄上がお帰りになると淋しいです。わたしも一緒に連れて帰ってくれませんか?」

　と腰に抱きついて時々ねだってしまうこともある。

　そのたび頭を撫でられて「またすぐに来るから、いい子で待っておいで」と言われるのが常

だったが、十の誕生日を迎えた頃、いつものように帰ろうとした兄を引き留めると、

「……そろそろおまえにも本当のことを教えなければと父上もおっしゃっていたから、私からすこし話しても構わないだろう」

とコンノートはキリルを伴って庭先に向かった。

兄は金褐色の髪と空色の瞳の美丈夫で、キリルの元に来るときはよく甘い菓子や玩具を、リオドルスには新しい本を携え、宮廷や城下で起きた楽しい出来事を聞かせてくれたり、剣術を教えてくれたりする。

コンノートはキリルの両肩に手を置いて目を合わせ、真面目な口調で切り出した。

「キリル、おまえは男の子だけれど、大人になったら子を産むことができる特別な身体に生まれついている。そういう性別の者をオメガというんだ」

「……オメガ……？」

初めて聞く言葉にきょとんとして、キリルはおうむ返しに問う。

コンノートは頷いて続けた。

「あとでゼルガー先生にも詳しく習うだろうが、すべての人間は男と女という性別のほかに、アルファとベータとオメガという三つの性にも分かれている。王族にはアルファの者が多く、父上も私もそうだ。母上はベータだが、系譜を辿ると時折オメガが生まれていて、おまえも赤子のときに臍の緒の血を調べてオメガだとわかったんだ」

「……そう、なのですか」

聞き慣れない言葉ばかりで、それがなにを意味するのかさっぱりわからなかったが、兄に不出来な弟だと思われたくなくて、ちゃんと理解できているような表情を装う。

コンノートはキリルの目を見ながら言葉を継いだ。

「オメガの男女は年頃になって身体が成熟すると、月に一度えもいわれぬ良い香りを放つようになる。そのときに伴侶と結ばれると子を孕むんだが、その香りがほかの者まで惹きつけて、望まぬ相手に無体をされる怖れもある。おまえは王家の一員として、将来他国の王族と縁組政策で婚姻を結ぶ大事な身だから、正式な縁組相手が決まるまでは、不逞の輩に狙われたりしないように薬を飲んで香りを抑えないといけないんだ」

「……薬を……？」

まだ伴侶と結ばれるとか、無体をされるなどと聞いてもよくわからず、唯一聞き馴染みのある『薬』という言葉にだけキリルは反応する。

たまに熱を出したときなどにブラーナが庭の薬草を煎じて作る薬の苦味を思い浮かべ、大人になったらそんなものをたびたび飲まないといけないのか、と思わず唇を渋い形に窄めると、コンノートが小さく苦笑してから続けた。

「煎じ汁ではなく丸薬にしたものならそんなに苦くはないはずだよ。いまのところ何故オメガの男子が孕むのか、まだはっきり解明されていない。ただ、医学の進んだコルトーでもお産で命を落としたり、生まれてまもなく亡くなる幼子も少なくないが、オメガには生命力の強い子を幾人も産む力がある。それで余計に自分の種をつけたいという本能を刺激してしまうのかもしれないが、意に染まぬ行為は決して許されないことだ。だから、おまえが誰にも傷つけられたりしないように、時期が来るまでここに隠して守っているんだよ」

具体的な意味がよくわからない言葉もあるものの、たぶん自分がここに置かれているのは本当に自分のためらしいということは兄の口振りから感じ取れた。

ただ、まだ身体になんの変化も兆候も表れておらず、自分がオメガだと言われても実感が湧かなかった。

まったく自覚もなく、当分先のことで家族と引き離されているのかと思うと、やはり納得がいかず、

「……でも、わたしが香りを放ったりするようになるのはもっと大人になってからのことなのでしょう？　いまはまだ子供だからなにも匂わないと思うのですが……」

と片腕を鼻に寄せてクンと嗅いでみる。

ブラーナがまめに洗濯してくれる白麻のシャツの清潔な匂いや、先刻鍋をかき混ぜるのを手伝った苔桃のジャムの移り香しか匂わず、いつかはオメガ特有の香りを出すとしても、いまからずっと閉じ込めておかなくてもいいのでは、と目で訴えると、コンノートは憂わしげな表情になり、ためらうような間をあけてから口を開いた。

「私達もできればおまえをいつも手元に置いておきたいし、隔離して育てるなんて本当はしたくないんだよ。でも、おまえが五つのとき、まだオメガとして覚醒する前なのに、父上の側近に襲われたことがあるんだ。父上の信任の厚かったアルファの宰相が、庭園を散歩していたおまえとおつきの女官に眠り薬入りの菓子を与えて意識を奪い、白昼堂々狼藉に及ぼうとして厳罰に処されたんだ」

え……、とキリルは息を飲む。

自分の身になにがあったのかまったく覚えはないが、まさか厳罰というのは極刑やそれに近い刑なのでは、とキリルは顔色をなくす。

コンノートは怯えた目で身を強張らせたキリルを慰めるように、金色の絹糸めいた髪に優しく触れた。

「おまえは母上に似て赤子の頃から誰もが目を瞠るような美しい子だから、宰相も自制心を失ったのだろうが、おまえが罪悪感を覚える必要はないよ。ただ、重臣がそんな事件が起こした以上、今後も多くのアルファがいる城館で育てると誰になにをされるかわからないと父上が案じられ、すぐに人里離れた僧院に隠しておまえの身の安全を図ろうとしたんだが、宰相すら血迷ったのだから聖職者も道を外すかもと母上がお止めになり、母上の腹心のブラーナに事情を話して預けることにして、公には『第二王子は病弱で長期の安静が必要』だと偽って、秘密裡に育てることに決めたんだ。決して意地悪で閉じ込めているわけじゃないんだよ」

わかったか？　と目を覗きこまれ、キリルはしばしの間のあと、小さく頷く。

兄の説明から理解できたことは、以前自分のせいで重臣が罪を犯して罰せられたことや、もしかするとこれからも危ない目に遭うかもしれず、本当は健康なのに「病弱」と嘘をついて人目を忍んで隠れ住まなくてはならないということで、オメガというのは人を堕落させるような、恥ずべき存在なのかもしれない、とキリルは青味がかった灰色の瞳を翳らせる。

キリルは沈んだ瞳でしばらく口を噤み、ためらいがちに言った。

「……兄上、わたしはオメガになんて生まれたくなかったです。そんな気はなくても人を惑わせたり、女人のように身籠ったりするなんて嫌だし……、なぜ母上は兄上のようにわたしのこともアルファに産んでくださらなかったのでしょうか……」

もしそうしてくれたら、逃げ隠れのような真似をせずに堂々と家族のそばで暮らせただろうし、きっと宰相も処罰されたりせずに済んだのに、とキリルが目を伏せると、コンノートが両肩を摑む手に力を込めた。

「こら、そんなことを母上の前で決して口にしてはいけないよ。きっと悲しまれる。性別を選んで生まれてくることは誰にもできないが、おまえがオメガに生まれたのには意味があると私は思っている。さっきも言ったが、母上も西のラズイース侯国からコルトーに嫁がれたように、私もおまえもいずれ他国と同盟目的の縁組をしなければならない。おまえは夫婦というものを両親しか知らないが、オメガの男子と婚姻する男は市井にもいるんだ。相手国に王女がいなければ王子と婚姻することもおかしなことではないし、女性だけが子を孕むわけではないんだよ。私もできれば政略結婚より好いた相手を娶りたいし、おまえにもそうさせてやりたいが、私たちにとって結婚は外交手段だと割り切らないといけない。次期国王になる私には、弟のおまえがオメガだというのは心強いし、頼りに思っているんだよ」

「……兄上がわたしを頼りに……？」

強くて優しい憧れの兄の口からそんなことを言われるとは思ってもおらず、驚いて問い返すと、笑顔で首肯される。

最前まで、初めて告げられたオメガという性を好ましいとは思えなかったが、いつか兄の役に立てるかも、と思うと気持ちが浮上した。

まだ恋愛も結婚も身近なことではなかったから、「縁組政策」や「政略結婚」と言われても特にいいも悪いも感想はなく、兄も当然のことだと受け入れているようだし、王家に生まれた者の義務なら自分もそうすべきだと幼心に思う。

男同士の婚姻も男が子を産むことも、自分が知らないだけで外の世界では普通にあるらしいし、いつか兄の助けになり、ひいては国のためにもなることができるなら、オメガであることをそう悲観しなくてもいいのかもしれないと思えた。

キリルの口許に小さく笑みが戻ると、コンノートがぽんと頭に掌を乗せた。

「いい子だ。いきなりいろんなことを聞かせてしまったから、頭の整理が追いつかないかもしれないが、おいおいわかればいいし、おまえがどんな性別だろうと私の大事な弟だということに変わりはないよ。おまえにはなんの心配もいらない安全な環境でのびのび成長してほしいんだ。ゼルガー先生もブラーナ母子もベータで、おまえがいつ発情期を迎えても香りに惑わされることはないし、ここにはおまえに危害を加えるような者は入ってこられないから、安心してゼルガー先生からよく学んで教養を身につけ、武術は私が教えるから、自分で自分の身を守れるように強くなるんだ。住む場所がすこし離れているだけで、私も父上たちもいつもおまえのことを気にかけているから、淋しくても我慢できるな？」

「……はい、兄上」

キリルは兄を見上げ、こくりと頷く。

同じ場所で暮らせなくても家族に大事に想われていると実感でき、大好きな兄が自分を「どんな性別でも大事な弟」で「頼りにしている」と言ってくれたことにも勇気づけられ、ちゃんと期待に応えられる立派な王子になりたいと思った。

その日からキリルは淋しいと口にするのはやめ、兄の言うとおりに勉学と武術の鍛錬(たんれん)に励(はげ)んだ。

限られた者しか近づけない閉ざされた森の奥で、キリルは健(すこ)やかに、そして廃墟に人知れず咲く花のように美しく成長していった。

＊＊＊＊＊

その夏、キリルは十三に、リオドルスは十四になっていた。

今日はゼルガーの授業がない日なので、ふたりで剣の稽古や家畜の世話をしたあと、森の中にある池に泳ぎに行くことにした。

毎年夏になると池で釣りをしたり泳いだりしているが、去年まではブラーナも付き添い、ふたりが深みに嵌（はま）ったり藻（も）に巻かれて溺（おぼ）れたりしないように岸辺から見守ってくれていた。

でも、今年は裸で泳ぐところを乳母に見られるのがなんとなく気恥ずかしい気がしたのと、リオドルスとふたりだけで話したいこともあったので、

「ブラーナ、リオもわたしも泳ぎはうまくなったし、危ないことはしないから見張りはいらないよ。もう子供ではないからふたりで行ってくる」

と言うと、ブラーナは「おや」という表情をしたが、すぐに心得顔（こころえがお）で頷いた。

「わかりました。では、私は家でお待ちいたしております。でも、唇の色が紫になって冷え切

る前に水から上がっておやつを召しあがるのですよ。それから、もし高い木から池に飛びこんだり、どちらが長く潜れるか競争したりしたくなったら、お止めはしませんが、充分お気をつけくださいね。万が一キリル様が大怪我などなされば、私もリオドルスも首を刎ねられることになりますので」

「わかっている。大丈夫だよ」

やんちゃをしすぎないようにと笑顔で釘を刺され、まさかそんなことくらいで父がふたりの首を刎ねたりするわけはないと思うが、大事な乳母と乳兄弟が叱られたりしないように程々にしておこう、と思いながら、ブラーナが籠に詰めてくれた焼きたてのしょうがのビスケットとはちみつ入りのレモン水を持ってふたりで池に向かう。

頭上で駒鳥の美しい節回しが聞こえる木立ちの中を、籠から漂う甘くて香ばしい香りを嗅ぎながら歩いていたら、ひと泳ぎしたあとまでおやつを待ちきれなくなった。

池に着いた途端、先におやつにしないかと提案すると、リオドルスは控えめな笑顔で同意した。

鳶色の髪と瞳は母譲りだが、リオドルスはほがらかでおしゃべりなブラーナと違い、物静かな質だった。

でも陰気というわけではなく、小さな頃から思慮深い眼差しでキリルに付き従い、進んで腕白なことをすることはないものの、キリルが誘うと一瞬迷うような目をしてから、結局微笑してなんでもつきあってくれる。

キリルにとっては忠実な従僕である以上に大事な友であり、リオドルスがいてくれるおかげで森での暮らしに孤独や閉塞感を覚えずに済んでいた。

池の端に置いた丸太に並んで掛け、しょうが入りビスケットを齧りながら、裸足の爪先を水に浸す。

夏の午後の微風が水面に描く波紋の形を、ぱしゃっと軽く片足を上げて乱しつつ、キリルは自分の足よりやや大きいリオドルスの足に視線を向ける。

以前は双子のように同じくらいの背恰好だったのに、ここ一、二年の間にどんどん差がつき、いまはリオドルスを見るときに見上げなくてはならなくなったことをキリルはひそかに気にしていた。

同じ物を食べてるのにな、と小さく口を尖らせてビスケットを食べ、瓶入りのレモン水を飲んでから、キリルは昨日からずっと聞きたかったことを切り出した。

「リオ、昨日ゼルガー先生に教わったオメガについての話、全部わかったか?」

チラ、と隣を窺うと、リオドルスは一瞬詰まるような間をあけてから、

「……はい、一応は」

とうっすら頬を赤くして頷いた。

「そうか……」

本当は「私もよくわかりませんでした」と言ってくれないかと半分期待していたので、キリルは内心落胆する。

やっぱりリオは日頃からよく本を読んでいるし、食糧や日用品を受け取りに時々城に出かけているから、ほかの人とも接していろいろ情報を仕入れる機会もあるだろうからな、と思いつつ、キリルは昨日の講義内容を思い返す。

普段ゼルガーには文学や語学、哲学、神学、数学、歴史、地理、天文学、音楽、宮廷儀式の作法など幅広く教わっているが、昨日の授業は端的に言うと性教育だった。

ゼルガーは白いものが多く混じる縮れた髪と髭を長く垂らしたいかめしい顔つきの老教授で、コンノートが以前抽象的な表現で教えてくれたことを直接的な語彙で堅苦しく説明した。

「キリル王子がオメガであることを踏まえ、本日はオメガの結婚や性行為についての講義を行う。まず性別にかかわらず子供から大人の身体へと変化が起きるのが十歳から十四歳頃で、男子は精通、女子は初潮を迎え、受胎の準備が始まる。オメガの男子は精通を迎えてもすぐに発情期が来るわけではなく、おおよそ十五、六歳頃に受胎可能な身体に成熟し、月に一度強い性欲を伴う発情期が来る。その際全身から媚薬のような誘惑香を発するが、アルファにしか作用しない。発情を抑える薬草を主成分とした丸薬を服用すれば平常どおり過ごせ、受胎もしにくくなるが、薬を飲まずに発情すると性交せずにはおさまらず、これに意志の力で抗うと、大量の発汗・頭痛・発熱・口渇・動悸・痙攣・意識消失、ひどい場合は心臓発作を誘発して命に関わるような重篤な症状に陥ることもある」

「……え」

キリルとリオドルスは揃ってぎょっと目を剝く。

性行為をしないと死ぬこともあるのか……？　とふたりで目を見交わしておののいていると、ゼルガーは真顔で頷き、言葉を継いだ。

「しかし、重篤な身体症状に至る前に、気も狂わんばかりの性欲に理性を失い、自ら相手構わず性交を求めてしまうような場合も少なくなく、娼館で春をひさぐ職に就くオメガもいる。男子のオメガが発情すると、伴侶が男性であれば相手の勃起した男性器を肛門に挿入され、内部を抽挿・攪拌され、粘膜に精液を射精されるまで、伴侶が女性であれば相手の体内で律動して果てるまで発情が止まらない。相手が正式な伴侶であれば問題ないが、キリル王子は縁談相手が決まるまで、望まぬ受胎のような由々しき事態を避けるため、発情期を迎えたら必ず薬を服用し、不測の事態に備えて常に薬を携帯しておくべきである」

「……わかりました」

服薬についてはわかったが、キリルは精通もまだ来ておらず、性的な関心も薄く、兄が「伴侶と結ばれる」などとぼかしたことを「性交」と言い換えて語彙だけ露骨に説明されても、実際の行為がさっぱり想像できなかったし、身近な成人男性も父と兄とゼルガーだけで、「勃起した男性器」とか「精液」や「射精」と言われても、見たこともないので思い浮かばなかった。

ほかの科目なら講義中にわからないことがあれば遠慮せずになんでも質問するが、なんとなくこの件で根掘り葉掘り質問するのは憚られ、キリルは内心もやもやしたまま口を噤む。

ゼルガーはキリルとリオドルスからなにも質問がなかったので、次の解説に移った。

「オメガの男子はアルファ以外の性別の者を伴侶にしても受胎は可能だが、アルファとオメガの間にだけ、『運命の番』という特別な関係が存在する」

「運命の番……？」

キリルが小首を傾げると、ゼルガーが鹿つめらしい表情で頷く。

「広い世界のどこかにいる唯一無二の相手で、もし巡りあえたら、ひと目で互いに惹かれあい、強い絆で結ばれて生涯添い遂げる運命の相手と言われている」

学問と添い遂げて未だ独身のゼルガーのいかめしい口調にほのかに憧れのような甘さが混じった気がしたが、キリルはまだロマンスに関心がないので、

「へえ……。出会っただけですぐにわかるのですか？」

とさして興味もなく問うと、ゼルガーは頷いた。

「そうらしい。身の内にほかの者には起きたことがないような反応が起きるので、互いにわかるようだ。交合中に首筋を噛むことで生涯互いだけを番とする証になり、どちらも相手以外に発情しなくなる。ただ、双方少数しかいない性別ゆえに、一生出会えずに終わることも多く、キリル王子が婚姻する相手が番である確率は低いかもしれん」

ずしていたのだった。

そのあとはコルトー王室が縁組政策で友好国になった国々についての講義に移ったが、キリルは疑問だらけですっきりしない性知識について、早く乳兄弟に確かめたくてひそかにうずうずしていたのだった。

キリルは池に足を浸したまま丸太の上で軽く座り直し、リオドルスに訊ねた。

「リオ、実はわたしは昨日の講義がちんぷんかんぷんだったんだけれど、『勃起した男性器』というのは、朝起きたときに足の間がすこし膨らんでいるようなことを言うんだろうか。それは用を足すとおさまるけれど、『精液』というのは小水とは違うんだろう？　小水で子ができるとは思えないし。それに肛門を使うというのも本当だろうか。だって、変だと思わないか？　そこは排泄する場所だし、先生が言い間違えたのかな」

こんな話をブラーナの前で口にするのも気まずいので、いまのうちに、と急いであれこれ質問すると、リオドルスは呆気に取られた顔で目を見開き、またサッと赤面した。

やっぱりリオもよくわからないのかも、もしリオに聞いても疑問が解決しなかったら、今度は兄上に聞いてみなくては、と思いながら、じっと答えを待つ。

リオドルスはうろたえたように視線を泳がせ、

「……ええと、私のわかる範囲でお答えしますと、まず精液と小水は同じところから出ますが、別のものです。精液は白くてとろみのある粘液で……、『勃起』というのは、朝の生理現象もそのひとつだと思いますが、伴侶を前に性的に興奮すると、性器が硬く腹のほうに勃ちあがり、相手と身を繋げて極まると、精液が出るようです……。オメガ性の男性が男性と性行為をする場合、ほかに挿入可能な場所がないので、たぶん肛門で合っているのではないかと……」

と言い辛そうに口ごもりながら言った。

……ふうん、と相槌を打ちつつ、どうもリオドルスの口ぶりが実際に精液を見たり触ったりしたことがあるような実感を伴うものに思えて、キリルは内心訝しむ。

一歳年上だから自分より成長が早くても仕方ないとわかっていても、できればどんなことも対等でいたいと勝手に張り合っているので、背丈を抜かれただけでなく、知らない間に性的にも先を越されてしまったのかも、と自分だけ置いてきぼりにされたような気分だった。

リオがすでに精通を迎えていたならそんな大事な秘密を打ち明けてくれずに黙っていたなんて水臭いのでは、とキリルは口を尖らせる。

「……わたしたちの間に隠し事はなにもないと思っていたのに、リオは実際に精液を出したことがあるみたいだな。いつのまにそんなことに？　まさか、もう誰かと身を繋げたことがあるのか？」

もしかしたら、時々城に出かけるときに女官や侍女と事に至ったことがあるのかも、それとも、まさか人間じゃなく山羊を相手に……？　と内心動揺しながら追及する。

リオドルスは羞恥と狼狽を面に浮かべて即座に首を振り、

「とんでもないです、誰ともそのようなことは……。その、相手がいなくても、ひとりで慰めることはできるのです……。『自慰』や『手淫(しゅいん)』と言って、自分で握って擦(こす)るのですが……。恥ずかしながら、去年の春頃、寝ている間に自然に白いものが出ていて……母に聞いたら病気ではないし、身体が大人に近づいた証だと言われました。やりすぎはよくないけれど、時々は身体のためにしてもいいと言われ、たまに、夜に寝台の中などで……、でもそんなに度々(たびたび)しているわけでは……」

　といたたまれないような赤い顔でおずおず白状される。

「……そうなのか……」と呟きつつ、キリルは全身のほくろの位置まで知っているはずの乳兄弟がいつのまにか先に大人の階段を上がっていたとはっきり聞かされ、内心衝撃を受ける。

　答えにくそうに打ち明ける相手の声も、以前よりやや低くなってきていることを改めて感じ、キリルはぱしゃんと足で水を跳ねあげ、拗(す)ねた口調で言った。

「……じゃあ、リオはもう、しようと思えばいつでも結婚して子を作ったりできるんだな」

母も十五の時に嫁いでこられたと聞いているし、世間でも若いうちに所帯を持つ者が多いとブラーナも言っていた。

　リオドルスもいまは自分に仕(つか)えてこんな森の奥で暮らしているから出会いは多くないが、王宮に戻ったらすぐに女官の誰かと結婚して、いまのようにいつも自分のそばにはいてくれなくなるんだろうな、と仲良しの友が離れていくことをいまから淋しく思っていると、リオドルスが勢いこんで否定した。

「いいえ、私は生涯結婚はいたしません。私はいつまでもキリル様の従僕として、キリル様がどなたとご結婚されても、他国へ行かれることになってもお供いたします。いまのように片時も離れずお側仕えするのに結婚など障りになるだけですから、私には不要なことです」

前からそう決めていたかのように迷いなく断言され、キリルは軽く驚く。

まだそんなことを決めるのは早いのでは、と思ったし、もし想う相手ができたら身を固めろと言うのがよい主人なのではないかという気もしたが、リオドルスがずっとそばで仕えてくれるなら自分もそのほうが嬉しいし、もし将来知らない場所に行くことになっても心強い気がする。

キリルは忠実な乳兄弟に謝意を込めた微笑を向けてから、また池に目を戻した。

「……本当を言うと、わたしも結婚なんてあまりしたくない。いまはまだ身体にオメガらしいところはないけれど、そのうち動物みたいに発情するらしいし、そんなみっともない姿は誰にも見られたくない。それに男と結婚して子を産むなんて、兄上にはおかしいことじゃないと言われたけれど、やっぱり抵抗を感じるし……。王子の務めだから、父上がお決めになった相手なら、どんな相手でも嫌だなんて言えないけれど……」

ほかの誰にも言えない本音を友にだけ漏らすと、「キリル様……」といたわしげに呼びかけられた。

しばらく黙って小鳥のさえずりや風の音色をぼんやり聞いてから、キリルはしんみりした空気を変えようと勢いよく水を跳ね上げてリオドルスの足に水をかける。

「そろそろ泳ごう。まだ結婚なんて当分先のことなんだし、いまからあれこれ思い悩んでもしょうがない」

そう言ってキリルは丸太を跨ぐように向きを変え、地面に足をつけてすっくと立ち上がると、チュニックと膝丈のズボンを脱ぐ。

いつも泳ぐときは全裸になるので、潔く脱いで池に飛び込み、ギリギリ足がつくあたりまで泳いで振り返ると、リオドルスはキリルの抛った服を畳んでから脱ぎ始めたらしく、ちょうど下着に手をかけたところだった。

またすぐ着るんだから適当でいいのに、と生真面目な乳兄弟に苦笑し、早く、と急かそうとして、ふと下着を下ろした相手の足の間に目が行き、キリルはハッと言葉を飲み込む。

去年の夏に一緒に泳いだときには目立たなかった淡い茂みに気づき、ダメ押しの差を感じてキリルは小さく肩を落とす。

背丈も身幅も負け、声変わりも精通も遅れを取り、さらに下生えまで、とキリルは吐息まじりに水の中に視線を落とし、産毛以外見当たらないつるっとした自分の下腹部を確かめる。

と、澄んだ水面越しに自分の臍のそばに緑褐色のヒルが貼りついているのが目に飛び込み、キリルはぎょっと身を引き攣らせる。

「リオ、ヒルがいる！」

慌てて岸に戻って水から上がり、血を吸って不気味に膨れたヒルを毟り取る。

「いっ……！」

ピリッと咬まれた皮膚が裂ける痛みも不快だったが、指で摘まんだヒルのぶにょっとぬめる感触も気色悪く、裸足で踏んづけるのも嫌だったので、キリルは眉を顰めて遠くへ放り投げる。

大きく息をついて、もう一度咬まれた部分を見おろすと、小さな傷口からじわりと血が滴っていた。

赤い血の筋を見た途端、急にジクジク疼いてきた気がして泣きそうになっていると、

「……キリル様、まだもう一匹ヒルが……お尻のところに」

とリオドルスが言いにくそうに追い打ちをかけてくる。

バッと振り向いて背中越しに見おろし、

「どこだ？　見えない、リオ、取ってくれ！」

もうヒルに触るのが嫌だったので、急いでリオドルスのそばに駆け寄って背中を向ける。

「……え」とうろたえたような声を漏らして背後でためらう気配があり、きっとリオもヒルに触りたくないのだろうとは思ったが、

「済まない、でもひとおもいにやってくれ。なんか吸われてるところがむず痒い」

と尻をもじつかせて頼むと、コクッと小さく息を飲む音が聞こえた。

「……わかりました」

すこし上ずった声で言いながら、リオドルスが左の尻たぶの下のほうからヒルを摘まみ取ってくれた。

ジクッと小さな痛みは走ったが、気色悪い蠢きから解放されてホッと肩の力を抜く。

「ありがとう、リオ。もうほかにヒルがくっついているところはないか？」

自分で見られる身体の前面を足元まで確かめながら問うと、リオドルスがしばしの間のあと、

「……はい、ほかにはいないようですが、傷口からじわじわと出血が足のほうまで……、申し訳ありません。手で剝がすより火を近づけるほうが傷にならずに取れると母に聞いたことがあったのに……」

と処置をしくじったと悔やむ口調で詫びられ、キリルは首を振る。

「リオのせいじゃない。わたしが早く取ってほしいと頼んだんだし、火を起こすのを待つ間、ずっとヒルに吸いつかれているほうが嫌だ。こんな傷、舐めとけば治るから大丈夫だよ」

さっき自分も血を見てくらっとしたが、乳兄弟には気に病んだりしてほしくなくて鷹揚に庇う。

リオドルスはまだ済まなそうな表情で頭を下げ、ややあってから顔を上げた。

「……あの、キリル様、どちらの傷もご自分では舐めにくい場所ですし、ヒルは血が止まりにくくなる成分を出すので、私が口で止血や消毒をしても構いませんか……？」

遠慮がちに意向を問われ、キリルは目を瞬く。

いままでも外で血が出る怪我をしたときにブラーナにもリオドルスにも応急処置として舐めてもらってから止血効果のある薬草の葉を貼ったり、毒虫に刺されたときなどに口で吸い出してもらったことはある。

でも今回は傷の場所が場所なので、

「……やってくれるならありがたいけれど、汚い場所だから嫌だろう？」

と家に戻ってからブラーナに薬をつけてもらうから無理しなくてもいいと言おうとすると、

「汚くなどないですし、手当てですから嫌などとは決して」と真顔で言われる。

チラッと脇腹をもう一度見おろすとまだ血が滲んでおり、キリルは相手が嫌ではないなら、と「じゃあ、頼む」と頷いた。

リオドルスは「……すこし沁みるかもしれませんが、ご辛抱を」と言いながら背後に跪き、巣から落ちたヒナでも掬うような慎重な手つきでそっとキリルの腰を摑んだ。

そろそろと顔を寄せてくるのが温かく湿った吐息で感じ取れ、傷口に舌先が軽く触れた瞬間、チリッと唾が沁みる痛みと、なぜかじわっと身体の奥がざわめくようなおかしな気分になる。

なるべく痛がらせないようにと優しく傷やその周りを舐められ、体表を羽根でくすぐられるような心地よさと、ふりほどいて逃げたいようなムズムズした気持ちになり、なんだか困ったな、と戸惑いながら手当てを受ける。

一瞬舌が離れたと思ったら、キュウッと尻たぶに唇をつけて強く吸啜され、キリルはハッと息を止める。

悪いものを吸い出す行為だとわかっているのに、あたたかく吸いつく唇や、尻たぶの丸みに相手の鼻先が当たる感触に、妙な照れくささと心地よさを感じてしまい、キリルは焦る。

「……リオ、もういい。ありがとう」

声が上ずりそうになるのをなんとか堪えて礼を言うと、リオドルスの唇はすぐに離れた。

これでおかしな気分はおさまるはず、とほっとした途端、今度は腿の裏側に濡れた舌を宛がわれ、つうっと上に向かって血の筋を舐め上げられ、キリルはゾクンと背を震わせる。

「……や、……リオ、そんなこと、しなくていい……」

なぜかざわりと肌が粟立ち、内腿をもじもじ擦り合わせたいような気分になってしまい、制止する声も途切れ途切れになる。

相手はただ血で汚れた肌を舌で拭おうとしてくれているだけなのに、尖らせた舌がゆっくりと太腿の中程から尻たぶの弾力を押すように這いのぼっていく感触が、どうしてか切ないような甘美な刺激に感じられ、両腿がぶるぶる震えそうになる。

ただの手当てを気持ちいいと感じるなんておかしいし、たぶんよくないことだし、リオドルスにも変に思われる、と焦って身を離そうとすると、

「……すぐ済みます、すこしお待ちを」

とぐっと腰を摑む手に力を込めて阻まれる。

背後から動きを封じられ、唯一自由になる両手を胸元で強く握りしめ、懸命に両脚に力を入れて震えを堪えていると、

「……綺麗になりました。では、前の傷も」

とリオドルスはキリルが止めるより先に腰を反転させ、脇腹の傷にも唇を寄せて吸いついてきた。

「……っ！」

またビクッと背筋が震え、変な声が出てしまいそうになる。

自分の身体がなにかおかしい。

以前同じように手当てをされたときにはこんな風にならなかったのに、とキリルは困惑して乳兄弟を見おろす。

息を殺して上から自分の傷を舐めるリオドルスの舌の動きを見ていたら、どういうわけか性器がふるふる勃ちかけてしまい、キリルは驚いて目を瞠る。

朝の起き抜けでもないのにこんなことになったのは初めてだった。

なんでこんな……、だっていまされているのは応急処置で、性的なことではないのに、と気が動転する。

「……リ、リオ……、どうしよう、なんか、変なことに……」

焦るあまり、手で隠すとか、横を向くとか、相手に見られないように配慮することもできず、

跪く相手の眼前に容を変える下半身を無防備に晒してしまう。

リオドルスはうっすら目許を赤くしつつ、安心させるように控えめな微笑を浮かべた。

「キリル様、ご心配なさらずに。おかしなことではありません。キリル様のお身体も大人に近づかれたというだけのことです」

「そ、そう、なのか……」

ぎこちなく返事をしつつ、ついさっきまで相手に先を越されて悔しかったはずの性的な発育というものをいざ本当に迎えてみると、狼狽する気持ちのほうが大きく、あまり嬉しいとも思えなかった。

キリルは戸惑いを隠せずに小声で問う。

「……でも、どうしていま……リオは消毒してくれただけなのに、リオに舐められたら、沁みるだけじゃなくて……その、実は、すこし気持ちいいと思ってしまって……、でも、そんなの変だろう……？」

羞恥と困惑に顔を赤くして訊ねると、リオドルスの頬にもさらに朱が差したが、すぐに首を振って真面目な口調で言った。

「それはたぶん、臀部や脇腹などは、性器ほどではなくても敏感な場所ですし、舐めたり吸ったりする行為は、性的な交わりの際も行われることなので、キリル様が傷の手当てで気持ちいいとお感じになっても、そうおかしくはないかと」

「……そう、か。それなら、よかった」

自分の反応が異常ではないと理屈で説明され、キリルはようやく安堵する。

もしかしたら、オメガ性だから、なんでもないことで興奮するふしだらな質なのだったらどうしようと内心動揺したが、誰でもそうなっても不思議はないことだったと言ってもらえてほっとする。

ただ、まだ芯を持ったままのものを見やり、キリルは困り顔で乳兄弟を見おろす。

「……あの、リオ、これは、どうしたらいい……？　手淫をしたらいいのか？　わたしはしたことがないから、どうやって始末するのか教えてくれないか」

「えっ……！」

またカッと赤面して絶句され、ますます無知と呆れられたかも、と恥ずかしかったが、でもリオドルスだって初めてそうなったときは困って母親に相談したと言っていたし、ひとつ年下なんだからわからなくても仕方ない、と心の中で言い訳して教えを乞う。

リオドルスはまたいたたまれない表情で視線を伏せながら、

「……ええとですね、まず、ご自分の手で握って上下に扱いたり……、触ると気持ちがいいところを撫でたり、擦ったり揉んだりすると、最後に精液が噴き出して、元に戻りますので……」

と口ごもり気味に伝授してくれた。

相手にしては精一杯具体的な説明だったのかもしれないが、未経験者にはいまひとつ不親切

な説明に思え、キリルはしばし迷ってから、

「……リオ、済まないけれど、一度手本を見せてくれないか？」

と手っ取り早く実演を頼むと、リオドルスは「は!?」と目を剝いた。

「そ、それは、キリル様の目の前で私に手淫をしてみせろとおっしゃっているのですか……？」

珍しく声を裏返して問い返され、

「……うん……。やっぱり嫌か？　一度見せてもらえばうまくできるかと思ったんだけれど……」

と口ごもる。

相手の驚きように、相当無作法で無遠慮な頼み事をしてしまったらしいと思ったが、自分たちは本来隠し事のない間柄だし、困ったときはお互い様というし、と心の中で正当化していると、リオドルスが真っ赤な顔で絞り出すように言った。

「……あの、キリル様、こんなことを申し出たことが国王陛下のお耳に入れば極刑か宮刑を免れないと思うのですが……私の行為をお見せしてお目汚しするより、私が直接キリル様の……その部分を、手でお慰めするわけには、いかないでしょうか……？」

「え。……いいのか？」

本当はまだ性的な意味で自ら性器を弄ったりするのが恥ずかしく、はしたないような気もしてためらいがあり、リオドルスが事務的に処理してくれるなら、そのほうがありがたかった。

「リオが嫌でなければ、頼めたら助かる。一度だけ教えてもらえれば、次にこうなったときは自分でなんとかするから。それに、こんなことは父上には内緒にしておけばいいだけだし」

キリルは身の回りのことをすべて小姓に任せて専属のお尻ふき係までいるような王侯に比べたら自立しているほうだが、やはり王子育ちなので人の手を借りることへの心の垣根が低く、たいして躊躇せず自慰の手伝いを頼むと、リオドルスはこくっと唾を飲み込み、

「……では、ふたりだけの秘密ということに……」

とひそやかに囁いた。

「……私も自己流なのですが、まず、茎の部分を握って、こんな風に皮をずらすように上下に動かします……」

遠慮がちな手つきで性器を包まれて扱かれた瞬間、ビリッと熱い火箸でもあてられたような強烈な刺激が走る。

「え……うわ、あッ……！」

自分で小用や入浴で洗うときに触るのとはまるで違い、剝き出しの神経に爪を立てられたような衝撃に、それが快感なのかすぐには判断できないくらいだった。

何度か擦られただけで腹の奥から奔流のような強い衝動が湧き上がり、

「あ、あぁっ……！」

と堪える間もなく呆気なく放ってしまう。

放出の瞬間は、なにが起きたのかわからなかった。

思わずぎゅっと目を閉じ、腰を突っ張らせてビュルルッとなにかを噴き上げてから目を開けると、リオドルスの顎先から胸元に白い粘液が跳び散っていた。

キリルは目を見開き、

「す、済まない、リオにかけてしまった……！」

と焦って手で拭おうとする。

初めて吐精した己のものを友に浴びせてしまい、とんでもない粗相をしてしまったと恐縮するキリルに、

「大丈夫です。キリル様が気持ちいいと感じてくださった証なので、お気になさらず」

とリオドルスは落ち着いて答え、自分の手の甲で顔や胸に飛んだキリルの精を拭う。

たしかに恐ろしく気持ちよくて、驚くくらいあっという間に達してしまった。

ほとんどリオドルスの手元を見る暇もなかったが、自分でするときも擦ればいいんだな、と思っていると、リオドルスが掌のキリルの精を見つめてから、目を上げた。

「……あの、キリル様、失礼ながら、いまはかなり早く極められたので、次にご自分でできるようにやり方を覚える間もなかったかと思いまして……一度達したあとはすこし余裕ができると思うので、もう一度お教えしても……？」

真面目で思慮深い乳兄弟が言うことはいつも自分のためを思ってのことなので、

「……そうだな、いまはわけがわからないうちに終わってしまったから、次はちゃんと見ていられるかもしれない。……あ、でも、もう膨らんでないけれど……」

「大丈夫です、また擦ると先ほどのようになりますので」

そうか、と頷くと、リオドルスはキリルの放ったものを両手に塗りひろげ、キリルの達したばかりの性器を大事そうに握った。

「ンッ……！」

まだ過敏な場所をぬめりのある両手で扱かれ、すぐにそこに血が集まって張り詰めてくる。

リオドルスはキリルが手元を見ているか確かめながら、

「……こうして片手で擦りながら、もう一方の手で尖端を覆ってこんな風に捏ねたり、くびれや裏のこのあたりを指で辿るのも、気持ちがいいかと……」

「う、うん……、あ、はぁっ……」

あちこちに新たな刺激を与えられ、二度目の余裕なんてまったくないまま、かすみがちな目でなんとか相手の手元を見つめる。

気持ちよすぎて、思わず逃げるように腰を引くと、

「……キリル様、お嫌ですか……？　力が強すぎますか……？」

と両手をキリルの足の間に留めたまま動きを止めて見上げられ、キリルははぁはぁと肩で息をしながら小さく首を振る。

慣れない快感に怯えつつも、止められると物足りなくて、もっと続けてほしくなる。

膝に力が入らず、正面に跪くリオドルスの両肩に手をかけて身を支えながら、

「……だ、大丈夫……、すごく、きもちいい……っ」

と正直に告げると、再開したリオドルスの手が大胆さを増す。

「……あっ、リオっ……、なにか、出てる……っ」

赤く露出する尖端を優しく捏ねていたリオドルスの手が離れ、思わず「もっと」と言いかけた視線の先に、小さな穴から透明な雫が零れるのが見えた。

まさか本当に粗相をしてしまったのかと焦っていると、

「これは先走りと言って、気持ちがいいとたくさん出るんです」

と答えながらリオドルスが反り返る幹に汁を塗りたくる。

くちゅくちゅと濡れた音を立て、滑りを増した茎を高めながら、今度は種袋を揉みしだかれる。

「……ンンッ……！」

また知らなかった快感を教えられ、気持ちよすぎてわめいてしまいそうで、慌てて片手で口を塞ぐ。

「……キリル様、ふたりだけしかいませんから、御声は堪えなくても大丈夫ですよ」

種袋の中の珠をまさぐりながら囁かれ、

「……ぅ、うん、でも……アッ……！」

と返事をするだけでも声が裏返ってしまう。

いくら小さな頃から変なところもすべてを見られている相手でも、はしたなく声を上げて喘ぐ姿は見せたくなくて、必死に唇を噛みしめて堪えていると、

「……下半身だけでなく、こんなところも同時に弄ると、より気持ちがいいかもしれません……」

とリオドルスは片手を滑らかに動かしながら、もう片方の手をキリルの胸元に伸ばしてくる。

小さな乳首を柔らかく撫でられ、最初はくすぐったく感じただけだったのに、チロチロ弄られるうちに平らだった乳首がツンと尖ってくる。

「……ん、はっ……」

そこは寒いときに尖ったことはあっても、触られて尖るなんて初めてだった。

下を擦りながらキュッと摘まれたり、縒るように揉まれると、乳首がジンジンしてきて、リオドルスの手の中の性器が漏らしたように濡れてしまう。

「……リ、リオっ……胸はもう、いい、から……っ」

乳首が気持ちいいなんて、すこし女々しい気がして首を振って訴えると、

「……そうですか。では、ここらへんは」

乳首から離れたリオドルスの指が、今度は嚢の奥の会陰から後孔までの敏感な狭間に潜る。

「ンッ……！」

前を握ったまま、尻の間を指の腹で押すように何度も行き来され、そんな場所を意図的に触れたことがなく、本当に漏らすのではと思うほど感じてしまう。

後孔に指先が触れるか触れないかというくらい、わずかにかすっただけでもビクリと身が跳ね、身体の内側からなにかが出口を求めて押し寄せてくるのがわかる。

「リ、リオっ……、もういい……っ、奥から、熱いのが、さっきみたいに……っ！」

相手の肩を押して手を離すよう伝えたのに、リオドルスは逆に手の動きを速めてくる。

「ちょ、リオ……！」

また顔にかけてしまってはまずい、と焦って性器に絡まる相手の両手を外そうとしたが、

「最後までお手伝いいたしますから、どうぞこのままお出しください」

とキリルの手を添わせたまま扱くのをやめてくれず、視界が真っ白にかすむほど高みに連れていかれる。

「アッ、あ、リオ、出るっ……ンッ、あぁぁっ……！」

湧き上がる射精感に抗えずに達する。

せめて相手にかからないように、尖端を手で覆って自分の掌に受けるのが精一杯だった。

一度目はあっという間に終わってしまった吐精の快感を、二度目は充分すぎるほど長引かせてから味わわされ、キリルは肩で息をしながら軽く呆(ほう)ける。

しばしの後、手の中の生温かい感触に、やっとどこかに漂っていた思考力や羞恥心が戻ってきて、ひどく気まずい心地になる。

やっぱりリオにこんなことを頼むんじゃなかった、自分でこっそり試すほうが恥ずかしくなかったかも、と友の前ではしたなく喘いだことを今更恥じる。

キリルはリオドルスと目を合わせないように逸らしながら、

「……リオ、ありがとう。こんなことを手伝わせて悪かった。……その、このことは父上だけじゃなく絶対誰にも、ブラーナにもゼルガー先生にも兄上にも言ってはだめだからな」

と念を押すと、リオドルスは控えめな微笑で頷く。

「わかっております。ちゃんとふたりだけの秘密にしますから、ご安心を」

キリルは言質を取ると証拠隠滅をしにくるりと池に向かい、しゃがんで手を洗う。

すると背後からリオドルスが駆けてきて、珍しくザバッと派手に水しぶきを飛ばして池に飛び込んだ。

「わっ」

頭から水しぶきを浴び、濡れたついでに自分も一緒に飛び込もうとして、ふとヒルに咬まれたことを思い出す。

水の中だけでなく草むらや石の陰などじめっとした場所にも潜んでいるのであたりを見回しながら、

「リオ、ヒルがいるかもしれないぞ」

と足のつかないほうまでぐいぐい泳いでいく乳兄弟に岸辺から声を掛けると、

「大丈夫です、むしろすこし血を抜いてほしいくらいなので」

とよくわからない返事が返ってくる。

キリルもすこしだけ水に入って汗ばんだ身体の熱を冷まし、やっと戻ってきたリオドルスと一緒に水から上がる。

今度はどこにもヒルに吸いつかれておらず、ほっとしながら服を着て編み上げ靴を履いてから、空の瓶が二本入った籠を持つリオドルスと家に向かう。

森の小径を歩きながら、キリルは先刻の出来事を蒸し返していいかためらいつつ、ひそかに気になったことを訊いてみる。

「……あの、リオ、おまえはひとりで手淫するとき、あんな風に乳首とか尻のあたりも触るのか……?」

真面目で控えめな質なのに、見かけによらず破廉恥なことをしているんだな、それともそれが普通なんだろうか、と思いながら問うと、

「えっ……、いえ、ええと、私は母と寝室が一緒ですし、そんなにおおっぴらにはできないので、最低限の部分を……、でも、キリル様にはできるだけ気持ちよくなってほしかったので、良さそうなところをあちこち触ってしまったのですが……」

赤面してしどろもどろに答える乳兄弟をキリルは横目で見上げる。

「……そうなのか。別にリオが普段やっているやり方でよかったのに。……まあ、もういい。わたしはこれからは手淫はしないことにするから」

キリルがそう言うと、「……え」とリオドルスは動きを止め、

「ど、どうしてですか？　ご不快にさせてしまいましたか？　余計なところまで触ってしまったのがお気に召さなかったのでしょうか」

と焦った顔で問われる。

キリルは微苦笑して首を振った。

「違うよ。すごく気持ちよかった。でも、なんだか気持ちよすぎて、自分が変になりそうで怖い気がしたから、もうあんまりしたくない」

キリルは自分がオメガで、昔襲われかけたと聞いて以降、性的なことに忌避感が芽生えてしまい、手淫は後学のために一応教わったが、今後も好んでしたいとは思えなかった。

「……そうですか。私が余計なことをしたせいでなければいいのですが」

リオドルスはやや気にしている様子でキリルの顔を窺っていたが、

「おまえのせいじゃないったら。もうすぐ家に着くから、この話はこれで終わりにしよう」

と話を打ち切り、キリルは兄の婚約について話題を変える。

コンノートは先日マクセン公国のグリゼルダ王女との縁組が決まったが、王女がまだ六歳な

ので、事実上の結婚は当分先になると苦笑して教えてくれた。

「……でも、兄上がご結婚されたら、ちょっと淋しいな。わたしだけの兄上ではなくなってしまうみたいで」

王女の細密画(さいみつが)が入ったペンダントを見せてもらったが、将来が楽しみな美少女だったし、大国のマクセンとの同盟はコルトーのためにもなる。

めでたい話だと思うのに、それを聞かされたとき、大好きな兄を取られるような一抹(いちまつ)の淋しさも覚えた。

小さく吐息して足元に落ちている小枝を蹴(け)ると、隣からリオドルスが静かな声で言った。

「……キリル様と皇太子殿下は本当に仲がよろしい御兄弟ですからね。私には兄弟がいないので、おふたりの絆(きずな)がとても羨(うらや)ましいです」

リオドルスの父親は築城(ちくじょう)技師で、生まれて間もない頃に城塞(じょうさい)建造中の事故で亡くなったので、リオドルスは一人っ子だった。

でも血の繋がりはなくても、自分たちは本物の兄弟のようなものじゃないかと思いながら、

「リオにはわたしという立派な弟がいるからいいだろう？　……まあ立派というより、手のかかる弟かもしれないけれど」

さっきも妙な手伝いを頼んで困らせてしまったことを思い出して首を竦(すく)めると、リオドルスは控えめに微笑んだ。

「もったいないお言葉です。キリル様に手がかかるなどと思ったことはないですし、これからも頼りにしていただけることがあれば光栄です」

慎ましい態度で従僕の鑑（かがみ）のような返事をするリオドルスにキリルも笑みを返し、今夜の晩御飯はなにかなどと他愛（たわい）ない話をしながら家路（いえじ）を戻る。

隣から自分を見つめる乳兄弟の瞳の中に、主を慕（した）う従僕や友以上の気持ちが秘められているということに、キリルはその後長い間気づかなかった。

＊＊＊＊

キリルは十六になっても発情期が訪れず、いまだ森の家で少年時代と変わらぬ日々を送っていた。

ある日、剣の打ち合いを終えたコンノートから「そうだ、明日からしばらくここに顔を出せなくなる」とさらりと言われ、

「えっ！　何故ですか？　もしやわたしをお嫌いに？　それともこちらに通うのがご面倒になってしまわれたとか……？」

　と、この世の終わりのような表情で取りすがるキリルにコンノートは苦笑する。

「まったくおまえは姿だけは美麗に育ったというのに、中身は相変わらず子供のようだな。父上の名代で国境のティブルカーノまで行かなければならないだけだ。すぐ戻るから、土産を楽しみに待っているといい」

　頭ひとつ分しか変わらないくらい背が伸びたキリルの髪を、自分こそ幼い弟にでもするように撫でて、コンノートは笑顔で扉を出ていった。

　兄の口調が公務というより物見遊山にでも行くようなほがらかなものだったので、実は隣国ダウラートとの緊迫した和平交渉の場に赴くためとはまったく想像もしなかったし、それが兄を見た最後になるなどとは夢にも思わなかった。

　コンノートが旅立ってから数日後、夕方にどこか遠くから地鳴りのような音が聞こえ、初めて聞く音にキリルたちは怪訝な表情で顔を見合わせる。

　ブラーナがリオドルスに城まで行って何事か確かめてくるように言いつけ、戻ってくるのを待つ間、「なんの音だったんだろう。地揺れの前触れなのかな」などとふたりで話していると、だいぶ経ってからリオドルスがゼルガーと共に蒼白な顔で戻ってきた。

「先生もご一緒なんて、どうされたのですか？　今日はお休みの日なのに」

ふたりのただならぬ様子に胸騒ぎを覚えながら、ゼルガーに椅子を引くために席を立つと、

「キリル王子、お気を確かにお聞きなされ。昨日、皇太子殿下がダウラート国王の手に掛かってみまかられた」

とゼルガーが呻くように言った。

「……え？」

一瞬、なにを言われたのかわからなかった。

背後で水を注いでいたブラーナの手から水差しが滑り落ち、床で砕ける音が遠く聞こえた。

……兄上が、亡くなった……？

信じられない言葉に血の気の引いた顔でキリルはゼルガーを見やる。

「……う、嘘でしょう……!?　まさかそんな……だって、つい数日前に『すぐ戻るから、土産を楽しみに』と……」

笑顔で別れた兄の姿を思い浮かべ、絶対ありえない、とキリルは何度も首を振る。

ゼルガーは無念の表情でしわがれた声を震わせた。

「きっとキリル王子に余計な心配をさせまいと和平交渉のことは触れずに行かれたのだろう。信じたくない気持ちはわしも同じだが、この目でご遺体を見てきた。年若い教え子に先に逝かれることほど辛いことはない。痛恨の極みだ」

「……っ」

リオドルスに目をやると、同じように沈痛な面持ちで唇を嚙みしめており、うっすらと、もしかしてこれは悪夢じゃなく事実なのかも、と思えてきて、キリルは蒼ざめた顔でゼルガーに問う。

「……どうしてそんなことに……？　兄上の身に一体なにが起きたのですか……？」

キリルが生まれてからずっとコルトーはどの国とも戦火を交えていないが、以前は北の国境を接するダウラートと、ひとつの街を巡って長い間領地争いを繰り返してきた歴史があることは習い知っている。

国境のティブルカーノは銀や鉄鉱石などの資源の産出地で、攻防戦のたびにコルトー領になったりダウラート領になったりしていたが、三十年ほど前の祖父の代にコルトー領になって以降、ずっと争いは起きていなかった。

その間ダウラートは東方への領土拡大の戦に明け暮れており、コルトーはティブルカーノ産の鉄から作る甲冑や大砲などの武器を輸出して巨額の富を得ていた。

一年前、ダウラートは長く続く派兵と重税に喘いだ民が蜂起し、悪政を強いていた前国王に側近の近衛隊も反旗を翻して王位を剝奪し、元は奴隷だったという近衛隊の若き師団長が王位についたと聞いていたが、コルトーの平和な森の奥で暮らすキリルにとって、隣国の政情は物語のように遠い世界の出来事だった。

ゼルガーは重い溜息を吐いてから言葉を継いだ。

「実は、先日ダウラート王の名で親書が届き、ティブルカーノの即時返還と、過去三十年分の鉱山の収益にあたる百五十万ヴェニエルの支払いを要求してきた。応じなければ宣戦布告と見做すという文面で、やむなく皇太子殿下が講和の使者に立たれたのだ」

「……そんなことが……」

両親も兄も隠れ家に会いに来たときに自分にはなにも聞かせてくれなかったので、まったく知らなかった。

戦は歴史の本で習うもので、身近に起こりうるとはいままで思ったこともなかったが、

「で、でも、そんな不当な要求に応じられるわけが……、あの土地はお祖父様の代に戦いに勝って手に入れた領地なのでしょう？　それを一方的に返還のうえ巨額の賠償金まで……百五十万ヴェニエルなんて、ほぼコルトーの国家予算では……」

あまりにも法外な要求に驚き呆れるキリルに、ゼルガーがやや言いよどんでから髭に埋もれた口を開いた。

「……ダウラートが所有権を主張する根拠がないわけではないのだ。あの土地を占有していた期間はコルトーのほうが長いが、古地図には元々ダウラート領だったと示されているし、ルクレス銀山の麓にある聖ガレリー教会も、元はダウラート国教の総本山だった。ダウラートが東方への侵攻で国内の守りが手薄になった隙にかすめ盗ったという向こうの言い分も、あながち嘘ではない。だが戦とはそういうものだし、向こうがいま征服した地から集めた膨大な兵力を

楯に返還を求めてくるのも戦術としては間違いではない。いまや以前の数倍の大国になったダウラート軍八十万に対し、軍事国家ではないコルトーの正規軍は一万足らず、民を動員しても訓練され戦慣れしたダウラート軍の敵ではない。

「……そんな」

自分の国が平和な国だと信じて疑わなかったことが覆され、キリルの頭はしばし真っ白になる。

たまたま戦のない時代に生まれただけで、火種はいつ燻るかわからない状態だったと身をもって知る。

コルトーはこれまで外交による不可侵条約の締結や縁組政策によって他国との不戦状態を保っており、ダウラートにも父の妹が嫁いでいた。

が、数年前に病で亡くなっており、嫁ぎ先も廃された前国王の血族なので、元奴隷の軍人上がりの現国王にはなんの義理も効力もないと言われればそうなのかもしれない。

ただ、事の発端のティブルカーノが元々はダウラートのものなのに、奪ったもので作ったものを持ち主に売って儲けたり、自分は手を汚さずに戦の道具を売って他国の民に血を流させるようなことを自分の国がしていたなら、数にあかせて脅してくるダウラートの所業と卑しさでは大差ないような気がした。

「……それで、父上や兄上は、ダウラートにどう返答することに……？」

和平交渉というからには戦を回避する方向で話し合いをしたのだろうが、なぜ兄が殺されなければならなかったのか、事実を知りたかった。

ゼルガーは沈鬱に目を伏せながら続けた。

「国王陛下は要求を大方飲んで賠償金の半額を即金で、残りを年賦で支払う旨と、複数ある鉱山の一部を残して返還するという返書を書かれた。もし今後好機があれば、皇太子殿下のご成婚後にマクセンの力を借りるなどして反撃に出られればとお考えだったのだが、皇太子殿下はそれを待てず、会見の場でダウラート王を弑そうとして返り討ちに遭われたのだ」

「え……兄上が先に殺めようと……？　たしかなのですか、それは……？」

キリルは驚いて問い質す。

正当防衛ならともかく、あの兄が自らそんな恐ろしいことをするとはとても信じられなかった。

ゼルガーは声を震わせながら言った。

「皇太子殿下も国を思うがゆえに早まられたのであろう。恭順を装って、その場でとどめを刺すおつもりが、露見して逆に喉を一突きに……」

「……っ」

無意識に自分の喉を押さえてよろめいたキリルをリオドルスが支える。

ブラーナの嗚咽も大きくなり、キリルも瞳を潤ませながら問う。

「……そ、それで、兄上のお身体はいま城に……？」

遺体を見たとゼルガーに言われたが、自分は「遺体」という言葉は使いたくなかった。

ゼルガーはキリルの気持ちを汲んで頷く。

「だが皇太子殿下と共にダウラート王が十万の兵を率いてやってきた。城壁の外に大軍を待機させ、五十名の精鋭を連れて入城し、謁見の間で陛下に最後通牒を突きつけた。和平交渉の場で暗殺を謀った代償に、ティブルカーノだけでなく、コルトー全土を属国にすると」

「……！」

声にならない悲鳴を上げるキリルにゼルガーは苦しげに続けた。

「拒否するなら開戦、降伏するなら陛下は退位の上幽閉、王妃様は人質としてダウラートに連行するというのだ。開戦か降伏か、返答期限は今夜の真夜中の鐘が鳴るまでと言い放ち、いまは城の大広間で近衛隊たちと饗応を受けている」

「……」

あの地鳴りがダウラート軍の足音だったとすれば、姿を目にしなくても十万の軍勢の凄さや恐ろしさが容易に想像でき、コルトー側に選択の余地などないと考えるまでもなく悟る。

向こうには向こうの言い分や正義があるとしても、兄を殺め、父から王権を奪い、母を連れ去ろうとするダウラート王への憎しみと恨みで胸が抉られる。

これまで抱いたことのない黒く激しい感情に取りつかれ、キリルは灰青色の瞳に危険な光を宿してゼルガーに言った。

「……ゼルガー先生、その饗応の料理や酒にひそかに毒を盛り、王と近衛隊を殲滅させては……？」

報復には報復で返してもいいのでは、と訴えたキリルにゼルガーは首を振った。

「それはできん。もし鐘の音のあとに王と近衛隊のひとりでも欠けていれば、城外にいる十万の軍勢が総攻撃をかけてくる手筈になっているそうだ」

「……そんな」

敵国の王城に無策で乗り込むわけはないだろうが、十万の軍勢に攻め込まれたら城壁内のコルトーの民が皆殺しに遭うのに半刻もかからないかもしれない、とキリルはうなだれる。

「……先生、返答の刻限まで時がありませんが、父上はどうなさるおつもりで……？」

まだ拘束されたりはしていないだろうが、両親がいま城でどういう扱いを受けているのか気を揉みながら問うと、ゼルガーは白い眉毛のかかる目でキリルを見据えた。

「陛下はすべての条件を飲んで恭順を選ばれる。いまダウラートと戦っても勝ち目はないし、ほかの同盟国に救援を請おうにも使者すら間に合わん。ダウラートが抵抗の強かった国を制圧したときの掠奪の激しさは草木もなくなるほどで、コルトーの民を無駄に傷つけないためには降伏しかないとおふたりともお覚悟を決めておられる。ただ、キリル王子だけはひそかに逃がすようにとの命を受け、わしが伝えにきたのだ。陛下が返答をぎりぎりまで引き延ばして時間稼ぎをしている間に夜陰に紛れて森を出るのだ」

キリルは息を止めてゼルガーを見返す。

国や王家がなくなろうというとき、ひとりだけのうのうと逃げ延びるなんてできるわけがなかった。

これまでも皆に大事に守られて十一年も森に隠れていた名ばかりの王子でも、いま家族やコルトーのためにできることをしなければ、なんのために王子に生まれてきたのかわからない。兄にはなにもしてあげられなかったが、せめて母だけは敵国の虜囚になどさせられない、とキリルは決意を込めた眼差しをゼルガーに向けた。

「先生、わたしを王宮の大広間に連れていってください。降伏しか道はないとしても、母を敵国に差し出すことだけはしたくありません。兄亡き後、この国の唯一の王子として、わたしがダウラートに人質として参ります」

キリル様……！　とリオドルスとブラーナの声が重なる。

ゼルガーは白い眉を顰め、キリルの両腕を摑んで首を振った。

「そんなことは陛下も王妃様も望んでおらん。逃げよとお望みなのだ。お気持ちはわかるが、わしの一存で敵国の王に会わせるために連れていくことなどできん」

「でも、両親に許可を取っている暇はないし、言えば反対されるに決まっています。わたしを思ってくださるお気持ちは本当にありがたいですが、こんなときまで逃げ隠れするような王子になりたくないのです。いまどこかに逃げ延びても、きっとずっと後悔しながら生きることになります。最後まで守られるだけではなく、一度だけでも母上やコルトーの民を守らせてください。お願いです、……ゼルガー先生が連れていってくださらないなら、リオとふたりだけでも参ります」

そう言って振り返ると、自分の行くところにはどこだろうと供をすると言ってくれたリオドルスは、キリルの目を見つめて迷いなく頷いた。

ブラーナも、

「……キリル様の御覚悟、よくわかりました。もうお止めはいたしません。リオドルス、あなたがついているなら私も安心です。なにがあってもキリル様をお守りするのですよ」

もう二度と会えなくなるかもしれない息子に毅然（きぜん）とした表情で告げた。

ふたりの味方を得たキリルがもう一度ゼルガーに目を向けると、しばし逡巡（しゅんじゅん）してから諦めたように老教授は頷いた。

ブラーナが急いで部屋から十六の誕生日に王宮に戻る日も近いだろうと母が誂（あつら）えてくれた濃紺の天鵞絨（ビロード）の新調の服と白いなめし革のブーツを出してきて、最後の着替えを手伝ってくれた。

うっすら赤い目をしながらキリルの上着の前を飾る細かい真珠のボタンを手際よく留め、金の髪を丁寧に梳り（くしけずり）、白貂（しろてん）の毛皮で縁取られたフードつきの薄手のマントを羽織らせると、ブラーナは小さな巾着袋をキリルの手に握らせた。

「キリル様、この中にオメガの発情を抑えるお薬が入っています。敵国で初めての発情期を迎えたりしたらどんな目に遭わされるかわかりません。これをお守り代わりに肌身離さずお持ちくださいますよう」

「わかった。ありがとう、ブラーナ。……いままで本当にありがとう。ずっとブラーナがいてくれたから、わたしは、」

こんな風に突然別れることになるとは思っておらず、長年我が子同様に慈しんでくれた乳母に急いで感謝を伝えようとすると、ブラーナは「どうかおやめを。ありがたいですが、泣き顔でお別れしたくないのです」とすでに涙目になりながら遮った。

本当は長年慣れ親しんだ数人としか接したことがないし、森の隠れ家しか知らないから外に出ること自体が怖い。

しかも話に聞くダウラート王は悪魔の化身のような恐ろしい男で、暗殺を謀った皇太子の弟だとわかればどんな扱いを受けるかも不安だったが、前に進むしかなかった。

ゼルガーに先導され、物心ついてから初めて通る地下通路や隠し扉を抜けて城館へと足を踏み入れる。

五歳の頃の記憶はうっすら残っているだけなので、ほぼ初めて見るような気持ちで城内の様子を窺う。

回廊の高い天井から下がる円形の燭台から届く灯りは薄暗いうえ、すれ違うコルトーの宮廷人や召使いたちはみな重苦しい表情で、ゼルガーの後ろでフードを被るキリルに注意を払うゆとりもないらしく、三人は誰にも見咎められることなく大広間まで辿りつく。

コルトー側の悲愴な様子と打ってかわり、ダウラートの近衛隊たちはまだ返答期限前だというのに祝杯でもあげているような騒ぎで、いくつもの燭台で煌々と照らされた長い客人用のテーブルに陣取り、すでに手に入れた自領の城のように我が物顔で飲み食いしていた。

それを見たら、怖いという気持ちよりも野蛮で理不尽な敵国の王への怒りが突き上げるように込み上げて、キリルは緊張に青ざめていた頬をカッと血の色に染める。

キリルはスッと目を眇めてフードを外し、リオドルスやゼルガーが止める間もなくカツカツカツと踵を鳴らして中に進み、声を張った。

「ダウラート王はどちらにおわします」

全員が似たような武装した近衛隊の軍服で、特別に豪華な装いの者もおらず、年の頃もみな二十代から三十代で、誰が国王なのかわからなかった。

キリルのよく通る声に、わいわいと盛り上がっていた座がしんと静まる。

一斉に五十人からの黒い集団に視線を向けられ、キリルがビクッと一歩退きそうになるのをなんとか堪えたとき、中程の席にいた男が優雅な身のこなしで立ち上がった。

「そういう貴方はどなたでしょう？　初めてお目にかかるかと存じますが」

栗色の長い髪を首元で結んだ美しい男に柔和に笑みかけられ、キリルは一瞬虚を突かれる。

……こんな優男風の男が、泣く子も黙るダウラート王なのか……？

相手は黒い長いマントに、胸当てや肘から先に銀色に輝く鋼鉄製の手甲をつけ、腰に佩刀もした戦闘着だったが、軍服よりも古代ローマ風のローブを着て竪琴でも爪弾いているほうが似合いそうな雰囲気があった。

意外な風貌に内心戸惑って凝視していると、愛想よく微笑まれ、うっかり毒気を抜かれて笑み返しそうになる。

いや、見かけに惑わされてはいけない、虫も殺さぬような優しげな顔でこの男は兄上を……、とキリルはキュッと唇を引き結んで相手を見据え、もう一度口を開いた。

「わたしはコルトーの第二王子、キリル・レアンドールと申す者。母の代わりにわたしを貴国の人質にしていただきたく、お願いにあがりました」

きっとこの男はまだ充分若く美しい母を目にして、国に連れ帰って後宮の側室のひとりにでもしてやろうという気なのかもしれないが、そんなことは絶対にさせない、と針のように尖った視線で答えを待つと、相手は隣に座る黒髪の男に言った。

「……だそうですが、陛下、いかがなさいますか？」

たしかにコルトーには皇太子のほかにもうひとり療養中の王子がいるという話は聞いたことがあります、と続けた長髪の男の言葉に（え？）とキリルはまた意表を突かれて目を瞠る。

いま、『陛下』と言ったような……、じゃあ、あの長い髪の男は国王ではないのか。

てっきりそうかと勘違いしてしまったが、本物の王はこちらだったのか、と慌てて座ったままの隣の男に視線を走らせる。

相手の黒い切れ長の双眸がキリルを捕えた瞬間、ぶわっと身体中の産毛が総毛立った。

同時に全身が心臓になったかのように鼓動が速まり、呼吸もままならなくなる。

「……！」

……この男が、ダウラート王……！

浅黒く焼けた肌に漆黒の髪と瞳、無駄な肉のない刃で削いだような頬に視線だけで見る者を圧する鋭い眼光、座っていても丈高く精悍な体つきだと見てとれ、言われてみれば噂にたがわぬ悪魔の化身そのもので、この男が兄の仇か、とキリルはギリ、と奥歯を噛みしめて生まれて初めての殺意を抱く。

この男のせいで、兄の命はもとより、家族も故郷も自分の大切なものをすべて失うのだと思うと、低姿勢な態度で恭順を示さなければと頭ではわかっていてもできなかった。

キリルは胸の中で暴れる劫火のような敵意を露わにして相手を睨む。

決して自分からは逸らすまいと、石に変えられそうな強い眼差しに身体が震えるのを堪えながら対峙していたとき、不意にあたりに甘い花のような香りが漂ったのに気づく。

それまで気にならなかったが、ダウラート王に恐れをなしたコルトーの侍女がご機嫌とりに食事と一緒に花でも飾ったのかもと思いながら王を睨んでいると、王の脇に立つ長髪の男がキ

リルに言った。

「不躾ながら、キリル王子はオメガなのでしょうか？　いま、急にオメガの誘惑香が立ち込めたのでお伺いするのですが」

「え……？」

キリルはギクリと背を強張らせる。

それまで嗅いだことがなかったので、この香りが自分から出ていたものだとは気づかず、まさか、こんなときに発情期が……？　と激しくうろたえる。

どうしていま急に……、たしかに身体中が燃えるように熱く、脈も常になく逸っているけれど、それは息もつけないほどダウラート王への殺意に駆られているせいかとばかり思っていた。

けれど、香りがますます濃くなってくるのがわかり、これがオメガの誘惑香なら、近衛隊にアルファがいたらとんでもないことに、と動揺してますます震えが止まらなくなる身体を自分の両腕で抱いてなんとか抑えようとする。

近衛隊の誰かにピュウと茶化すような口笛を吹かれてさらに動揺し、どうしよう、どうすれば、と身動きできずにいると、

「キリル様、お薬をお早く」

と脇からリオドルスに丸薬を差し出され、キリルは安堵のあまり目をうっすら潤ませながら、頼りになる乳兄弟を振り返って小さく礼をする。

焦るばかりで自分のポケットにもブラーナが持たせてくれた薬があることを失念しており、キリルはリオドルスの掌から素早く薬を摘まんで丸呑みする。

ほぅ、とひとまず危機を脱して強張っていた身体を一瞬緩めたとき、入口から「キリル！　なぜおまえがここに……！」と父の声がした。

ハッと振り返ると、ダウラート兵に連れられて中に入ってきた父と母の驚愕した瞳とかち合う。

初めての発情期にうろたえる気持ちも掻き消えるほど、変わり果てたふたりの姿にキリルは胸をつかれる。

森の隠れ家で最後に会ったときから丸二日も経っていないのに、まるで二十年も老いてしまったかのようにふたりとも髪が白くなり、絶望に涙した目をしていた。

一日のうちに跡継ぎを亡くし、大軍に攻め込まれて国の命運も尽き、幽閉と虜囚になる末路を憂えて嘆き悲しんでいたであろう両親の心をすこしでもあたためたくて、キリルはふたりに駆け寄って抱きついた。

「父上、母上、最後にひと目お目にかかれてよかったです。いま、ダウラート王に母上の代わりにわたしを人質にしてくれるようにとお願いしました。これまで育てていただいた御恩をこんな形でしかお返しできないのが歯がゆいですが、どうかお元気で」

そう言うと、ふたりはキリルをひしっと掻き抱き、

「なにを言う、なぜここに来た。ゼルガーにおまえだけは逃げ延びよと申し伝えたはずなのに」

「コンノートに次いでおまえまで失うなんて、この母には耐えられません」

と涙声を詰まらせる。

そのとき、背後から辺りを払うような低い声が聞こえた。

「感動的な家族愛の場面に水を差すのは本意ではないが、そろそろ約束の刻限だ。コルトー王よ、返答やいかに」

その声にキリルの肌がビリリと粟立つ。

だんだん近づいてくる相手の気配を感じるだけで、こめかみがドクドクと痛いほど脈打ち、息が浅くしか吸えなくなる。

視界に入れたくないのに睨まずにはいられずにキッと振り返ると、くるぶしまで覆う大マントを翻して無表情にこちらに歩いてくる相手と目が合う。

またカッと体の芯から熱くなり、いままで誰とも対立などしたことはないけれど、きっとほかの人たちだってこれほど憎くて許せない相手を前にしたら怒りで身体が熱く滾るはず、とキリルは思う。

父がキリルと母を背中に庇うように進み出て、苦渋の表情で相手の前に片膝を折り、王冠を外してこうべを垂れた。

「……いまこのときより、コルトーの全権は貴公のものに」

父のそんな姿をこの目で見る日が来ようとは夢にも思っておらず、キリルは唇を噛みしめる。敬愛する父が衆目の中で蛮国の王に跪く姿が不憫でならなかったが、自分の命乞いのためではなくコルトーの民を守るために屈辱に耐えているとわかっていたから、決して無様などとは思わなかった。

ダウラート王はしばし黙したのち、王冠を両手に取り、ふたたび父の頭に被せて「立たれよ」と無表情に言った。

「……は……」

父が怪訝な顔で相手を見上げるのと、近衛隊たちがざわつくのが同時だった。

キリルも意味を測りかねて、眉を寄せて威圧感のある長身の男を窺うと、相手もキリルをちらりと見てから父に視線を戻した。

「貴公の覚悟はしかと受け止めた。だが、本来我が国の領土であるティブルカーノの返還さえ叶えば、それ以上事を荒立てるつもりはなかった。和平交渉に際し、貴公が皇太子に託した返書が貴公の真意で、謀殺企図は皇太子の一存だったというのなら、もう一度講和をやり直すこともやぶさかではない。ティブルカーノの返還に加え、もうひとつ新たな条件を飲むならば、属国ではなく同盟国になることで合意したいが、いかがか」

その場の誰もが耳を疑う言葉に「陛下⁉」と近衛隊たちが口々に叫び、王が一瞥で黙らせる。

キリルも内心の混乱を隠せずに目を見開いて相手を凝視する。

占領されずに平和的に同盟を結べるならそれに越したことはないが、兄の行いに対する報復に十万の兵を率いて殴り込みをかけてきて、無抵抗で引き渡すと言ったら今度は返してもいいなんて、相手が一体なにを考えているのかまったく読めない。

父が訝しげに王冠に触れながら立ち上がり、

「……我が息子コンノートの犯した罪に対し、かくも寛大なお言葉、恐懼するのみである。して、その条件とは」

と問うと、相手はさらに信じられないことを言った。

「貴公の第二王子をダウラートに連れて行きたい。人質としてではなく、伴侶として」

「……は、伴侶……？」

すぐには飲み込めない顔で繰り返した父の斜め後ろでキリルも目を剝いて固まる。

相手は無表情に頷き、もう一度キリルを一瞥して素っ気なく付け足した。

「兄の咎を弟が贖うというならば、婚姻による領土安堵を約束してもいい。……稚児趣味はないが、どうやら運命の番らしい」

「……は⁉　運……⁉」

仰天のあまり、素っ頓狂な声が出てしまい、最後まで言葉が続かなかった。

あまりにも驚きすぎて、口をはくはくさせて見上げることしかできずにいると、頭ふたつ分高いところから、とても『伴侶』や『番』を見る目とは思えない醒めた視線で見おろされる。

この男はなにを言い出すのか、なにが目的でこんな戯言を言うのかとキリルは訝しむ。

ゼルガー先生はアルファとオメガだけに存在する『運命の番』はひと目会っただけでお互いにわかる特別な反応が起こると言っていた。

あいにくこちらは脳が沸騰して心臓が割れるかというほどの怒りと殺意に駆られただけだし、向こうもロマンチックなサインを感じたようにはとても見えないから、運命の番であるわけがない。

相手がどういうつもりでそんな出まかせを口にするのか皆目わからないが、ふざけるのも大概にしてほしいし、誰が兄上の仇の伴侶になんてなるものか、と「お断りいたします」と即答しようとして、父が表現しがたい葛藤と憂慮と諦念のないまぜになった表情で自分を見ているのに気づく。

キリルはハッとして、感情のまま口にしかけた言葉を飲み込む。

……たぶん父上は、父親としてはわたしを行かせたくないだろうけれど、国王としては、条件を飲むべきだとお思いのはずだ……。

断れば属国の憂き目に遭う。しかも外では十万の兵が王の帰還の刻限をいまや遅しと待っている状況で、熟考している暇はない。

自分がこの男の伴侶になれば、父は王位についたまま幽閉されることもなく、母も虜囚にならずに済み、コルトーもダウラートと対等な同盟国として存続できる。

小さな頃からいつかは他国の王族と政略結婚するのが王子の務めだと言われてきた。

その相手がこの世で一番憎い男でも、両親とコルトー国民全員がいままでどおりに暮らせるなら、きっと兄もあの世からよく犠牲になってくれたと誉めてくれるかもしれない。

父の口から「行ってくれるか」と言わせる前に自分から行くと言えば、すこしは親孝行になるだろうか、と思いながら、とキリルはこの数分で数歳大人びたような瞳で両親にこくりと頷いてみせ、ダウラート王の前に進む。

片膝を折り、

「……わたしが陛下の伴侶としてお仕えすれば、二度と武力でコルトーを脅かさないとお約束してくださるなら、陛下の御心のままに……」

ただの人質としても本心では行きたくないのに、伴侶などという絶望的な立場に追い込まれ、必死に勇気とヒロイックな使命感をかき集めて心と裏腹な忠誠を誓うと、「約束しよう」と平板な声で応えがある。

相手はキリルから再び父に目を戻し、

「ではコルトー王、第二王子をもらいうける。貴公の跡継ぎには、第二王子が産んだ第一子をお返しするということで了解願いたい」

と物でもやりとりするような事務的な口調で告げた。

「……承知した」

父が抑えた声で返事をするのをキリルは夢の中の出来事のように遠く聞く。

自分が男と結婚することも子を産むことも、いつかはその可能性があるかもしれないと思いつつも、現実になることはないような気がしていたのに、突然なんの覚悟もないまますべてが一身に迫ってきて、キリルはできるものなら子供に戻って森の家に隠れてしまいたくなる。

しかも相手は普通に出会っていたとしても好きになったりできそうもない恐ろしげな男だし……、と思わずジリ、と後ろに石の床を擦りかけたとき、ダウラート王がキリルの肩を引き寄せ、両親と対面するように隣に並ばせた。

大きな手で摑まれた肩が火傷しそうに熱くなり、早速(さっそく)所有物のように扱われることも気に障(さわ)り、危うく「気安く触れないでください！」と言ってしまいそうになる。

なんとか言葉を飲み込んで身を固くするキリルの肩を抱いたまま、ダウラート王は父に言った。

「急に話が決まり、互いに戸惑いもあろうが、今後は同盟国として、かつ姻戚(いんせき)としてよしなに願いたい。では、ただちに全軍を撤兵(てっぺい)させるので、これで失礼する」

「え……」

それは、自分もこのまま同道(どうどう)するということだろうか……、と肩に置かれたままの相手の手から顔に視線を移して戸惑っていると、父もこんなに急な別離を予想していなかったようで、

「いまからダウラートまでお戻りか？　夜の行軍(こうぐん)は危険なのでは……、城外の兵には伝令を出

し、今宵は当地で野営ということにして、貴公と近衛隊は城内にお泊まりいただき、明朝出立されては」

と旅慣れていないキリルを案じて引き留める。

ダウラート王は父に軽く会釈して言った。

「御心遣い痛み入るが、我が兵たちがひと晩でも留まれば、徒にコルトーの民に不安な夜を過ごさせることになる。野営は我が国の領土に入ってからにするつもりだ」

そう聞いて、キリルはすこし意外に思う。

きっと森の奥にいた自分にさえ聞こえた地鳴りのような大軍の進軍を実際に目の当たりにした人々は、今頃どうなることかと怯えて眠れぬ夜を過ごしているに違いないが、そんな民の気持ちを汲み取ったりできる男なのかと思ったとき、

「我が兵は夜の行軍にも慣れているが、病弱で箱入り育ちらしい第二王子の体調には重々注意するので心配は無用だ」

と続けられ、キリルはピクリとこめかみをひくつかせる。

病弱じゃないし、森で暮らしてましたから健脚には自信ありますが、と言いたかったが、口をきくのも不愉快で、キリルはきつく唇を引き結ぶ。

両親とゼルガーにゆっくり挨拶する暇もなく、慌ただしく抱き合って手紙を書くからと伝えて別れ、兄と最後のお別れをすることもできずに、ダウラート王にまるで引っ立てられるよう

に城の外へ連れ出される。

跳ね橋をくぐり、初めて城門を出た感慨にふけるいとまもなく、歩幅の違う相手に肩を抱かれるというよりマントの首根っこを摑まれながら小走り気味についていくと、城外の東側に広がる牧草地に無数のカンテラや松明の光が散らばっているのが目に映った。

まるで天から星が落ちてきたような美しさに感激したのも束の間、近づくにつれて黒い丘のように隊列を組んだ騎兵と歩兵の大連隊が点す灯りだと気づいてキリルは恐怖に顔を引きつらせる。

物心ついてから、両親と兄、ブラーナとリオドルスとゼルガーの六人としか会ったことがなく、武装した大軍と遭遇するなど初めてのことだった。

夜の帳と同じ色の、果てが見えないほど膨大な数の人馬の息遣いと嘶きを目の当たりにし、キリルは象の群れに迷い込んだ蟻のような心許ない心地になる。

先刻近衛隊五十人を目にしたときも驚いたし怖かったが、王への敵意のほうが上回り、足も舌も普通に動いたのに、いまは恐怖に足が竦んで言葉も出てこない。

思わず隣の男のマントを縋るように摑むと、びくとも揺らがない長軀にすこしだけ心細さが薄らいだ。

が、

「どうした？　もう疲れたのか？　本当に箱入りの姫のような王子なのだな」

とやや呆れたような声が頭上から降ってきて、キリルはハッとして摑んでいたマントを慌てて離し、キッと顔を上げる。

　姫のようだなんて無礼な、別に疲れたわけじゃなく、人慣れしていないだけですから！　と言い返そうとしたとき、「陛下」と先ほど大広間で最初に立ち上がった長髪の男が背後から声をかけてきた。

「各連隊の師団長に伝令を送りますが、文言はいかがいたしますか」

　ダウラート王ははるか彼方まで埋め尽くす黒い軍勢に目をやりながら言った。

「『全軍に告ぐ。コルトー公国とは第二王子キリルと婚姻を結び、同盟国になった。ただちにダウラート領トライアまで戻り、野営の準備をせよ。なお、コルトー領内での掠奪行為は固く禁じる。帰国後に全兵に七日間の有給休暇を与える。速やかな行軍を望む』……以上だ」

　事務的な口調で告げる相手をキリルは内心戸惑いながら横目で窺う。

　目の前の軍勢の配置を見ると、まだ講和するかどうかわからないときに布陣した場所なのに農地を避けて牧草地だけにしてくれたようだし、こちらから頼まなくても掠奪行為を禁じてくれたり、さっきも民のために素早い撤収を決めてくれたり、悪魔の化身と怖れられる噂と実像はすこし違うような気もする……。

　元奴隷だというけれど、まったくの無教養で粗野な暴君という感じでもないし、前国王から王位を簒奪して王座に就いたにしては、ギラギラ野心と権力欲と征服欲に凝り固まっているようにも見えない。

この男は一体どういう人間なんだろう。

いままでどんな風に生きてきたのか、相手のことをすこしだけ知りたいような気がしたが、キリルは慌てて首を振り、兄上の仇に余計な関心なんか持つ必要はない、と己に言い聞かせる。

望んで結婚するわけじゃないし、最低限の務めは果たしても、心から打ち解けたりなど絶対にしない。

一応両国の友好という大役(たいやく)を背負って来ているから、露骨に嫌悪感を露わにして早々に離縁されたりしないように、上辺だけは従順な伴侶を装う努力はする。でも心まで委(ゆだ)ねたりはしない。

ただ、相手のほうも『運命の番』などと言いながら、唯一無二の伴侶と思っている様子がまるでないし、単に講和のための方便(ほうべん)として『番らしい』とぼかして言っただけのような気がする。

もし父が捨て身で開戦を選んでいたら、ダウラートの圧勝は確実としても、向こうもひとりの犠牲者も出さずに済むとは限らないから、勝ち戦でも無駄に兵の命を減らすのを惜しんで、オメガの王子と縁組して無血(むけつ)でティブルカーノを手に入れるほうが得策(とくさく)だと計算したのかもしれない。

ダウラートは領土は大きくても学芸術の分野でコルトーに遅れを取っているから、力で占領するより友好国になったほうが、すんなり知識の伝播が期待できて、国力が上がると冷静に判断したのかもしれない。

それに『稚児趣味はない』とはっきり好みじゃないと言われたし、こっちだって全然好きじゃないから構わないけど、やっぱり本物の『運命の番』じゃなく、そういうことにしておけば縁組がまとまりやすいと踏んだだけに違いない。

そうだとすれば、結婚も形だけで、実際はただの人質と変わらない扱いで、床入りもしなくても済むかもしれない、とすこし希望が湧いてきて、背後に控えるリオドルスに自説を聞いてもらおうとしたとき、

「第二王子は馬の扱いには慣れているか？」

と突然ダウラート王に問われた。

「え、馬……？」

あれこれ考え事をしている間に、いつのまにか王のそばに馬係の従卒が黒い立派な毛並の黒馬と、それより小さくて大人しそうな目をした美しい白馬を連れて控えていた。

……もしかして、これに乗ってダウラートまで行けということだろうか……。

キリルはサァッと顔色を変えて視線を泳がせる。

どうしよう、森の家では山羊と鶏しか飼っていなかったから、本物の馬を間近で見るのは初めてだと正直に言ったら、また箱入りと馬鹿にされるかも……。

「乗馬は得意です、空想では」とか「山羊に跨って速攻で落ちたことならあるんですが」と率直に言うべきか、見栄を張って「もちろん乗れます」と答えて初挑戦でも巧(たく)みに乗りこなせる奇跡を祈るか、しばし葛藤してから、キリルは小声で白状した。

「……あの、実は、一度も馬に乗ったことがありません。わたしは従僕と歩いてついていきますから、どうぞ陛下は馬でお先に」

王子のくせに馬にも乗れないのかと馬鹿にするならしたらいい、人目につかないように隠れ家に住んでいたから、馬に乗る練習をする機会がなかったんだ、と心の中で言い訳して、リオドルスのそばに行こうとすると、

「歩く必要はない。一緒に乗せていく」

と王は黒馬の鐙(あぶみ)に足をかけて造作(ぞうさ)なく跨り、キリルのほうに身を屈(かが)めて片手を伸ばしてくる。

「……いや、わたしは」

ブルルと鼻面(はなづら)を振る本物の馬の迫力に怯(ひる)んで後ずさりかけたキリルの腰に、銀色の手甲を付けた片腕を回される。

「え、こ……!」

怖い、と最後まで言う間もなく馬上にグイと抱え上げられ、王の前に跨らされる。

急に高くなった視界と不安定な乗り心地にぎゅっと鞍(くら)の縁を摑んで身を竦ませていると、

「……軽いな。病弱だったというのは、もしや肺でも病んでいたのか?」

と片手で持っていた手綱を両手で摑み直しながら問われ、キリルはやっとのことで首を振る。

「……いえ、どこも病んでは……」

キリルを腕の間に挟み込んで、背中から抱き込むような体勢で走りだされ、キリルは密着されたくなくて避けたいが、避けると落ちそうで怖いというジレンマに陥りながら、渋々その体勢に耐える。

黙っていると怯えているのが如実に伝わりそうで、キリルはなんとか平静を装って言った。

「……あの、陛下は誤解されていますが、病弱というのは両親が流した偽の噂で、本当は健康です。感染るような病は得ておりませんので、どうぞご安心を」

そう言うと、

「なぜそんな噂を流す必要が？　長く療養していたと聞いたが、本当のところはどうしていたんだ」

と平板な口調で訊ねてくる。

「……自分では覚えていないのですが、五歳の頃に宮廷で狼藉を受けかけ、両親がわたしの身を案じて森の隠れ家に隠し、人目に触れないように乳母に育てさせたのです」

「なるほど。……病弱ではないが、箱入りは事実なのだな」

ぼそりと余計な感想を漏らされ、キリルはムッと口を尖らせる。

やっぱりこんな言い種ばっかりだし、『運命の番』なんて口から出まかせに決まっている、とキリルは確信を深める。

従順な伴侶を演じるという決意も忘れ、つい買わなくてもいい喧嘩を買う。

「箱入りの子供は陛下のお好みではないようですが、わたしは稚児などと言われるほど幼くありません」

「ほう、歳はいくつだ」

「十六です」

普通の十六歳より世間知らずかもしれないが、幼児並みみたいな言い方はされたくない、と思いながら尖った声で答える。

「ちなみに陛下のお歳はおいくつなのか、お伺いしても？」

別に興味はないが、一応訊ねると、「二十四だ」と応えがある。

ふうん、結構若いんだな、とキリルは心の中で鼻を鳴らす。

見た目も老けているわけではないが、態度が傲岸不遜だし、会う前から悪魔の化身という噂を聞いて年齢不詳の印象があったので、実年齢がまだ青年といっていい年齢だと知って、すこし意外な気がした。

でも、兄上は二十三だった、と思い出し、やはりこの男と馴れ合ってはいけない、上辺を装うだけでも、兄上は裏切り行為だと悲しまれるかもしれない、とキリルが瞳を翳らせていると、相手はまた素っ気ない口調で、

「森の隠れ家には乳母とふたりだけで住んでいたのか？」

と尋問のように問いを続ける。

「いいえ、乳母の息子のリオドルスという乳兄弟も一緒でした。いまも従僕としてダウラートにも同行してくれるのですが、生まれたときから遊びも勉強もなにをするのも一緒で、一度も離れたことがなく、唯一心を開いてなんでも打ち明けられるかけがえのない親友です」

キリルは暗にあなたには心を開いていないと当てつけるつもりで答える。

そういえば、さっきから自分だけ馬に乗せられて随分来てしまったが、リオは今頃徒歩で追いかけてきているのだろうか、と案じていると、

「ほう、そこまで信頼できる友がいるというのは羨ましいことだな」

と平板な声で相手が言った。

……この人には、そういう友はいないのかな。

部下には慕われていそうだけど、怖れられてもいそうだし、心酔や忠誠は得られても、胸襟(きょうきん)を開いて本音を話せるような相手はいないのかもしれない。

そんなことを考えていたら、すこし夜風に身体が冷えてきて、クシャンと我慢しきれずにくしゃみが出てしまった。

夜中に出歩いたことがないし、そもそも今夜旅に出るとは思っていなかったから、もっと厚着をしてくるんだったと思いながらマントの襟元(えりもと)を掻き寄せていると、背後から相手が自分の

マントの左右の裾を交互に引き寄せてキリルを包むように巻いた。

「……あ」

意外な配慮に驚いてキリルは目を瞬かせる。

たぶんお洒落より実用性を重視した黒貂の毛皮で裏打ちされたマントにすっぽりくるまれ、ぬくもりにホッとしつつも、相手との密着度がさらに増してキリルは内心戸惑う。

一応礼儀として、

「……あの、ありがとうございます、陛下……」

と礼を言うと、

「箱入りの王子に早々に風邪を引かれては舅殿に申し訳が立たないからな」

と愛想なく言われ、キリルは相手から見えないように顔を盛大に顰める。

素直に感謝する気になったのに、何回箱入りと言えば気が済むんだろう、と思っていると、

「このさきふたりだけのときは『陛下』と呼ばなくていい」

とぼそりと言われ、キリルは「え？」ときょとんとする。

「……では、なんとお呼びすれば……？」

毎回「ダウラート国王」と呼んでほしいんだろうか、と思いながら問うと、

「……ロラン、と」

と名を告げられた。

王の名は「ロラン」というのか。元奴隷にしてはいい名前だと思うが、兄の仇を親しげに名前で呼んだりしたくない。

相手からしたら、暗殺を謀った兄が完全な悪で、黙って大人しく殺されてやる義理などないし、討つのも当然のことで、恨まれる筋合いはないと思っているのかもしれない。

でも、こちらはできるものなら仇を取りたいくらい恨みに思っているし、なにもなかった状態で出会ったようには心を開くことなんてできない。

キリルは相手を真似て愛想のない平板な口調で、

「……わたしのほうが目下ですし、今日お目にかかったばかりでお名前をお呼びするのは早いかと。けじめですから、このまま『陛下』と呼ばせていただければ」

と他人行儀に言った。

相手はやや間をあけ、

「臣下ではないのだから、杓子定規(しゃくしじょうぎ)なことを言わなくてもいい。次に話しかけるときには名で呼ぶように」

と重ねて命じてくる。

妙にこだわるような物言いにキリルは眉を顰める。

言うとおりに「はい」と従わないのが気に食わないのかもしれないが、人のことを子供扱いしておいて、自分だってどうでもいいことに子供みたいな我を張っているじゃないか、と内心不満に思いながら、キリルは渋々相手の要求を飲む。

「では……ロラン様も、わたしを『箱入り』ではなく名前でお呼びください」

つい張り合うようにそう言うと、

「わかった。……キリル」

と初めて「第二王子」や「箱入り」以外の呼び方をされた。

相手に名を呼ばれた途端、なぜかドキッと鼓動が跳ね、早鐘のように速く脈打ち始める。

なんでこんな突然動悸が……、もしかしたらこの男に呼び捨てにされるのが嫌すぎるからかも、と胸を押さえて戸惑っていると、

「……キリル、城の大広間で薬を飲んでいたように見えたが、ちゃんと飲んだか？」

と突然ロランに問われた。

馬に揺られているせいで、耳元に顔を寄せて話しかけてきた相手の唇が耳介に当たり、ブルッと身が震えて鳥肌が立ち、ドッドッとさらに鼓動が速くなる。

一瞬かすった唇はすぐに離れたのに、さっきまで夜風に冷えていた身体が今度は火照り、脇や背中にじんわり汗が滲んでくる。

キリルはふっと小さく喘ぐように息を吸い、

「……飲みましたが、どうしてそんなことを……？」

と上ずった声で問うと、ロランが髪に顔を寄せながら言った。

「……いい匂いがする」

「え……」

そんな風に嗅がれたり、囁かれるだけでいちいちビクビク身が震えてしまい、キリルは上気した頬と裏腹に内心青ざめる。

もしかして、薬が効いていないのかも。

この数時間で怒濤のようにいろんなことが起きたので、すっかり陰にかすんでいたが、さっき初めて発情期を迎えたということも、自分にとっては一大事だった。

リオドルスのくれた薬を飲んでおさまったと思ったのに、最初は不安定で調整が難しいとゼルガー先生に習ったような気もする。

大広間で自分にも香った甘い花のような香りは感じないが、アルファのロランにはわかるのかもしれない。

こんなところで迂闊に香りを撒き散らしたら、ロランだけでなく周りの兵たちにも嗅がれてひどい目に遭わされるかも、と恐慌を来して急いでポケットを探る。

「……あ、あの、たしかに飲んだのですが、効かなかったみたいなので、もう一錠飲んでみます」

ブラーナの巾着袋が手に触れてホッと小さく息をつくと、ロランにポケットの上から手で押さえられて止められた。

「待て。さっき服用したのなら、追加するとしてももうすこし間を開けないと身体に負担がかかる。……それに、これは発情の誘惑香ではなく、キリル自身の香りのようだ」

「……え、わたしの……？」

香水のようなものはつけていないから、毎朝の沐浴時にブラーナが数滴お湯に落とすハーブの精油の残り香かもしれない。

でも、その後たくさん冷や汗をかいたから汗や体臭なのでは、とうろたえて相手からすこしでも身を離そうとすると、逆に引き戻されてさっきより深く髪に顔を埋めて匂いを嗅がれる。

「ちょ、おやめください……っ」

キリルは焦ってみじろぐ。

耳の裏あたりに鼻を寄せて吸い込まれると、単純にくすぐったいのと、嫌いな相手にそんなに接近されたくないのと、相手からもほのかに感じる不快ではない男っぽい体臭に心拍がおかしいくらい乱れてしまう。

そのとき、

「陛下、トライアに天幕のご準備が整いました」

と前方から長髪の側近が馬で近づいてきて報告した。

夜だからよく見えないが、あまり周りの風景も見ずにロランにあれこれ尋問されていた間に、いつのまにか先発隊はダウラート領内に入っていたことがわかり、いよいよ自分も国境を越えて敵国に……、とキリルはにわかに緊張を覚える。

ロランは頷いて、

「わかった。……アラリック、後方にキリルの従僕のリオドルスという者がいるはずだ。その者を探して、野営地についたら私たちの天幕で休むようにと伝えてくれ」

と側近に告げた。

アラリックと呼ばれた優美な顔立ちの側近は「御意」と答え、面白い物でも見るようにロランのマントにくるまれているキリルに目をやり、にこやかに会釈してから隊列とは逆方向に馬首を向けて駆けていった。

またこちらから頼まなくてもリオドルスを同じ天幕に呼んでくれた配慮をありがたく思いつつ、ふと「私たちの天幕」ということは、ロランも一緒だということだから、当然寝所も一緒なのかもしれない、とキリルは青ざめて身を固くする。

……さっき、もしかしたら、ただの人質で済むんじゃないかと希望的観測をして現実逃避をしてしまったが、本物の運命の番じゃなくても好みじゃなくても性行為は可能だし、自分たちの間にできた第一子をコルトーの両親に渡す約束もしていたから、相手はもう今夜すぐにでも床入りする気でいるのかもしれない……。

……しまった、さっき病弱なのかと聞かれたとき、ものすごく重症な肺病で、近寄ったら感染して危険だから同衾は無理だと言えばよかった。

いつかは諦めて受け入れなくてはならないとわかっているが、初対面の、今日縁組が決まったばかりの、極めつけに大事な兄を殺めた憎い相手と今夜床入りするなんて絶対に嫌だった。

なんとか逃れる手立てはないか必死で考えていたとき、ロランが手綱を引いて馬を止めた。

ハッと顔を上げると、黒く広い平原に無数の天幕が海の波のように連なり、ひと際立派で大きな天幕の前でロランがひらりと馬を下りた。

ロランが下から両腕を馬上のキリルに差しのべてくる。

「キリル、つかまれ」

手伝ってもらわないと下りられないのが情けなかったが、ずっと馬上にいるわけにもいかず、キリルは暗鬱(あんうつ)な気持ちで相手に両手を伸ばし、抱き抱えられながら地面に足をつける。

王の天幕は入口に衛兵が並び立ち、中に入ると草地の真ん中に建てた仮屋(かりや)とは思えないしっかりした造りで、床板を張った上に絨毯(じゅうたん)が敷かれ、中央に謁見(えっけん)の間としても使える居間があり、奥に寝所や、組み立て式で持ち運びできる浴槽(よくそう)が置かれた浴室、簡単な料理が出来る台所、従者の控えの間など、幕で仕切られたいくつもの部屋があった。

ロランは小姓に手伝わせてマントを脱ぎ、武装を解いて、白麻のシャツと黒い下衣(かい)になると、人払いをしてからキリルを振り返った。

広い天幕の一番大きな居間にふたりだけになり、緊張に身を強張らせて立ちすくんでいるキリルにロランが言った。

「キリル、コルトーから持ち込んだものをすべて脱ぎ、ダウラートのものに着替えるように」

小姓が去り際に置いていった畳まれた服を視線で示し、「そういう決まりだ」と素っ気なく、付け足す。

「……わかりました」

今日初めて袖を通した母の手製の、最後にブラーナに着せてもらった服を脱ぐのは切なく心許なかったが、ダウラートではダウラートのしきたりに従わなくては、とキリルは椅子に置かれた服を手に取る。

「……奥で着替えて参ります」

俯いて仕切りの幕の陰へ行こうとすると、

「いや、その場で着替えろ。一糸纏わぬ姿になり、なにも隠し持っていないことを検分させてもらう」

と無表情に告げられる。

「……え」

目の前で全裸になれというのか、とキリルは目を見開いて絶句する。

信じられないことを平然と言う相手にキリルはふるふる首を振り、

「……お確かめにならなくても、危険なものは神かけて隠し持っておりません。着の身着のまま、自分のものすらなにも……、乳母が持たせてくれた薬しか持っておりません」

と事実を訴える。

ロランは表情も変えず、

「嘘ではなさそうだが、おまえの兄もなにも武器の所持はないと天地神明に誓い、身も検めた直後に暗殺を謀ってきた。潔白なら証明は容易いはずだ」

と譲る気配もなく、椅子に掛けて傲然と長い脚を組んだ。

言うとおりにするまでいくらでも待つと言わんばかりの態度で見据えられ、これが属国にさせられるのを縁組で凌いだ国の王子の立場の弱さなのかと嫌というほど思い知らされる。

悔し泣きでも涙のひと粒でも見せたら、また「箱入りの姫のよう」だのなんだのと小馬鹿にされるだけだ、とキリルは唇を噛みしめ、氷のような瞳で相手を一瞥してからマントの襟に手をかけた。

殺したいほど憎くても、殺せるような刃物も針も毒もなにひとつ隠していないと示すためにバサッと床に抛るように脱ぎ捨てる。

上着の真珠のボタンをひとつひとつ外しながら、母の愛が込められた服もこのまま捨てられてしまうのかも、と胸を痛めつつ、最後のひとつを外してポトリと床に落とし、中に着ていた絹のシャツの胸元の結び紐を解いて頭から引き抜く。

上半身裸で白いブーツを片方ずつ脱ぎ、七分丈の下衣を脱いで下着姿になり、靴下止めを外して靴下を脱ぐ。

なにも出て来なかったら土下座して謝れと最初に約束させておけばよかった、と悔やみながら、キリルは最後の一枚を脱ぎ、相手の顔に投げつけたい衝動を必死に堪えながら床に捨てた。

無表情に片頬に頬杖をついて観賞していた相手を全裸で睨み、自ら一周回って背後にもなにも隠していないことを見せつけてから、これで屈辱的な身体検分は終わったと小さく息をついて用意された服に手を伸ばしたとき、「まだだ」とロランが低く言った。

「え……？」

顔を上げたキリルの目に、ロランが椅子から立ち上がり、こちらに歩いてくるのが映る。

ぶわっと恐怖に肌が粟立ち、キリルは急降下してくる猛禽類（もうきんるい）に狙われた子ネズミのように震えながら背後に逃げようとした。

が、それより早く相手に捕まり、両手で顔を挟まれて無理矢理長身の相手を見上げさせられる。

「……な、なにをするのですか……、武器など持っていないといま確かめたでしょう……!?」

声を震わせて訴えると、ロランは頬を挟んだ両手の親指でキリルの唇をこじ開けるように中に差し入れてきた。

「……ンンッ……!?」

驚いて目を見開くキリルの口の中を、ロランの指が舌の裏や歯列（しれつ）と頬の内側などあちこち荒らし回る。

「念のため口の中や肛門や尿道も検めさせてもらう」

「……っ！」

そんなところに武器なんか隠すわけない……！　と言いたいのに、口の中に人差し指と中指も入れられてくまなく探られ、「ンーンーッ！」という抗議の呻き声しか上げられない。

いっそ噛みついてやる、と無礼な指に歯を立てようとした刹那、キリルの口から唾液の糸を引いて素早く指が抜かれ、ガチンと虚しく歯だけが噛み合う。

「私の伴侶は随分と気が強い」

片頬で苦笑する相手を睨めあげ、だってあなたが……！　と言い返そうとしたとき、

「え、やぁっ……！」

とキリルは目を剝いて声を引き攣らせた。

ロランはキリルの唾液を纏った指を尻の狭間に滑り込ませ、言葉通り肛門の中を探る気らしく、表面を突いてくる。

ヒッとまた鳥肌を立て、キリルは必死に首を振って相手の手首を摑んでそこからどかそうとする。

「お、おやめくださいっ、本当にそんなところにはなにもっ……、指一本入れたこともないのに、物など隠せるわけが……っ！」

ロランは後孔を指の腹で撫で回すのをやめないまま、

「ほう、キリルのここは、己の指も本物の男もまだ知らないのか。オメガにしては純粋培養に育ったとは聞いたが、特別に絆の強いらしい乳兄弟ともなにもなかったのか……？」

と探るように訊いてくる。

そこをまさぐられると奥がむずむずと疼いて、心の半分はやめてほしいと叫んでいるのに、もう半分では口の中のように淫らに探られたいと願ってしまう信じられない自分がいる。

キリルは懸命に首を振り、ふしだらな願いを掻き消そうとしながら、

「リ、リオともなにも……、一度だけ、初めて精通が来たときに、やり方がわからず手淫を教わったことはありますが、ただそれだけ……アッ、あぁああッ……！」

正直に答えた途端、大きな手で性器を握りつぶしそうな力で嚢ごと鷲摑みにされ、キリルは悲鳴を上げる。

「今後知りたいことがあれば、どんなことでも乳兄弟ではなく私に聞くように」

冷徹に命じながら痛いくらいに扱かれ、キリルはじっとり冷や汗で全身を濡らしながらガクガク頷く。

なぜこんな目に遭わされるのか、同じ政略結婚でもきっと両親の間にはこんな無体な身体検分などなかったはず、と目を潤ませて耐えていると、ロランは無理矢理勃起させたキリルの性器を握りながら言った。

「乳兄弟には手だけでなく、口でもさせたのか？」

「え……？」

意味がわからず、「……口、とは……？」と問い返すと、ロランは無言で床に膝をつき、いきなりキリルの性器にむしゃぶりつくように喉奥深くまで飲み込んだ。

「ひ、やぁあッ……！」

そんな行為を夢にも知らなかったから、本当に食われるのではと恐怖に凍りつく。

目を見開いて見おろすキリルの腰を掴み、ロランは遠慮会釈なく頭を振りたててしゃぶりあげてくる。

「アッ、やっ、こんな…っ、ん、んっ、はぁんっ……！」

腰を掴まれていないと倒れてしまいそうに揺さぶられながら、この食われそうな行為は死ぬほど気持ちいいとキリルは知る。

自慰もほとんどしたことがない初心(うぶ)な性器を、相手の熱い口中で絞りあげるように舌を絡めて吸いつかれ、喉を鳴らして舐(な)め回されたら、気持ち良すぎて頭がどうにかなってしまいそうだった。

「はぁっ、んあっ、すご、うぁ、ん……！」

声を堪えることもできずに喘ぐキリルを見上げてロランは舌と唇を容赦(ようしゃ)なく遣い、感じるくびれを唇できつく締めつけ、尖端の蜜口(みつくち)を舌先でぐりぐり抉(えぐ)ってさらに悶(もだ)えさせる。

じゅぷじゅぷと卑猥(ひわい)な水音を立てて舐めしゃぶられ、後ろにも指を這わせて後孔にずぶりと指を突き立てられる。

「やめ、ひあぁっ……！」

痛い、と身を竦めたのは一瞬だけで、どういうわけか孔が柔らかく指を無抵抗に受け入れ、うねうねと中に引き込むように蠢いて、さっきひそかに願ったように長い指でそこをかきまわされたら、ただただ気持ちいいだけだった。

「う、嘘っ……、あっ、あっ、そんな、両方、だめっ……ロラ…ッ、うぅんっ！」

後ろに何本も含まされた指で襞を掻きわけられ、中にある失神しそうに気持ちいい場所を抉られ、前は根元まで飲み込んだ性器をねっとりとしゃぶられ、本気で腰が抜けるかと思うような快感に悦がり声しか上げられなくなる。

「アッ、あっ、なんか、来るっ、ロラ…さま、待っ、出っ、んぁっ、あぁあーッ……！」

意味をなさない言葉と共に堪え切れずに相手の口中にビュクビュクッと吐き出すと、ロランは眉ひとつ動かさずにすべてを舌で受け止め、さらに一滴も余さず絞りだすように達した性器に舌を巻きつけて扱きあげてくる。

ごくんと飲み込んだ音のあと、

「……本当に潔白だったな。許せ」

と口許を拭いながら平板に言われた。

やっと口から解放され、後ろからも指を抜かれて淫猥な身体検分が終わった瞬間、キリルは力尽きてがくんと床にくずおれる。

なにも隠していないと何度も言ったのに、信じてくれずにひどい仕打ちをした相手が心底恨めしかった。

でも、その心ない仕打ちにはしたなく快楽を貪(むさぼ)った自分も情けなくて、キリルは震える両腕で上半身を支えながら涙を滲ませる。

相手を恨んでいるのに、激しい口淫で痺(しび)れた性器や何本もの指で拡(ひろ)げられた尻の奥がまだずくずく疼いて、もっと相手に淫らなことをされたいと思ってしまう自分が信じられない。

憎い相手にどうしてそんなことを思うのか、オメガだからなのか、不安定な発情初期のせいなのか、キリルにはわからず、ただ自分が淫蕩(いんとう)な質(たち)だからかもと自己嫌悪に苛(さいな)まれる。

ロランはパサリとキリルの裸身に服を羽織らせ、親指で眦(まなじり)に浮かんだ涙を拭いながら言った。

「キリル、おまえとは都に戻って正式に婚礼の儀を終えるまで床入りはしないつもりでいた。口淫も知らないような箱入り王子には心の準備に数日でも時間が必要だろうと思ったが、身体検分だけでそんなに誘惑香を出されては、こちらも添い寝だけで耐える自信がない。おまえの身体は拒(こば)んでいないと香りでわかるが、心はどうなのか教えてくれ。今宵、私に抱かれるのは嫌か？」

「……」

狡(ずる)い、とキリルは唇を噛んでそんな問いをしてくる相手を恨みがましく見上げる。

嫌です、と即答できない自分にも、こんなときだけ自分の意向を尊重しようとする相手にも腹が立つ。

天幕に入ったときは相手と今夜抱き合うなんて絶対無理だと思っていたのに、無体な取り調べで昂ぶらされた今は、奥をもっと大きなもので埋めてほしいというありえない願望にとりつかれてしまった。

いくら潔白を主張しても聞く耳も持たず強引に身体を探ったように、有無を言わさず貫かれたら、相手に無理矢理奪われて抵抗できなかったと言い訳もできるのに、自分の意思で答えを決めろと言われたら、一方的な被害者ではいられなくなってしまう。

もう一錠薬を飲んで不埒な欲望を消してしまおうかとも思ったが、涙を拭う相手の指がさっきよりも優しく触れてくるから、身体の疼きと渇きと火照りがおさまらなくなる。

ゼルガー先生もひとたび発情したら、意思の力で堪えようとすれば命に関わることもあると言っていたし、最初の薬がちゃんと効かなかったせいだから、不可抗力の選択なんだ、とキリルは自分に言い聞かせる。

ただ、最後の砦として、「抱いてください」と口に出して相手に乞いせがむのだけは嫌で、キリルはこくっと唾を飲んで、発情に潤む瞳でロランを見つめ、おずおずと両手を差しのべた。

腰から下の力が抜けて立てそうもなく、抱いて寝所に連れていってほしいと仕草で伝えると、ロランは軽く口の端を上げてキリルの身体を抱き上げた。

はらりと上に掛けられた服が床に落ち、触れられもしないのに期待だけでひとりでに尖った乳首や性器が相手の目に晒されてしまうことに強い羞恥を覚える。

早く寝所に、と言いかけたとき、入口の幕越しに衛兵の声がした。

「陛下、キリル王子の従僕のリオドルスという者が到着しました。中に通してもよろしいでしょうか」

「……！」

キリルはギクッと身を強張らせ、ロランを見上げて（ダメ）と慌てて首を振る。

卑猥な身体検分のさなかでなくてまだマシだったが、いまも充分間が悪すぎる。

リオドルスも兄を慕っていたから、国と両親のために心ならずも兄の仇と結婚を決めたはずの自分が、涙も乾かぬうちに裸で横抱きにされているところを見られたら、なんて尻軽な淫乱だと親友に失望され軽蔑されるに決まっている。

急いで腕の中から降りようとしたキリルを抱え直し、ロランは衛兵に言った。

「取り込み中だが、頼みたいことがあるので通せ」

えっ⁉ と驚いて固まるキリルの目の端に、「失礼いたします」と入口の帆布の幕を静かにあけて入ってくる乳兄弟が映る。

キリルの姿に一瞬目を瞠ったリオドルスはすぐに何事もなかったように目を伏せ、

「陛下、ご要望がおありとのこと、なんなりとお申し付けを」

と従僕らしく控えめに口にした。

ロランはキリルの胸中になんの斟酌もしてくれず、

「リオドルス、足元に落ちた服を拾って私の伴侶に掛けてやってくれ。それから、おまえの主はいまから初夜を迎える。事が済むまで従者の間で控え、事後キリルが湯を使えるように用意しておくように」

と耳を疑うような赤裸々で無神経な指示を出す。

かしこまりました、と伏し目のまま答え、リオドルスは動揺で言葉も継げないキリルのそばまで近づき、ダウラート製のシャツを拾ってそっと肌を隠す。

一瞬合った眼差しは切なげで、露骨に咎められるより胸に堪えた。

こんな恰好をしているのは初夜のためじゃなく訳が、と弁解しようとしたキリルを抱いたまま踵を返してロランは奥の寝所に向かう。

厚い幕で仕切られた寝所には枕元のテーブルに置かれた小さなランプだけが灯っていた。

仄暗い部屋の大きな寝台の上に下ろされ、閉じた幕越しにリオドルスの影を探して身を起こしたキリルに、ロランはシャツを脱ぎながら覆いかぶさってくる。

もうさっきまでの淫靡な気分は掻き消え、非難と抵抗感で身を固くしてキリルは相手の胸を両手で押して拒む。

「陛下、どうしてわざわざリオにあんなことを……、ほかの見知らぬ小姓にそばに控えられるのも嫌ですが、リオに聞かれながら閨事(ねやごと)をするなんて、もっと嫌です……！」

もう名前も呼びたくなくて声を殺して抗議すると、ロランは目を眇(すが)めてキリルの両手首をひとまとめに摑んで頭上に押しつけ、弾みで軽く反った胸で紅く尖る乳首をギュイッと捻(ひね)り上げた。

「アァッ！」と思わず悲鳴を上げると、

「おまえがそういうあられもない声を出さなければいいだけだ。この程度でうろたえていたら、出産のときはもっと大勢の衆人環視(しゅうじんかんし)に晒されることになる。本当におまえの胎内(たいない)から生まれた子か、医師や産婆だけでなく見届け人の廷臣(ていしん)たちの前で分娩(ぶんべん)しなければならないのだから、いまから他人に見られたり聞かれたりすることに慣れておけ」

と無慈悲に言い放つ。

誰がそんな思いまでしてあなたの子なんか、と思わず言いかけたキリルの唇をロランは嚙みつくように塞いでくる。

「……ンンッ……！」

家族やブラーナと交わす親愛の情を込めた頬や額への優しいキスしか知らなかったから、貪るような凶暴なキスがただ恐ろしく、キリルは目を瞠って凍り付く。

ロランはキリルの怯える唇を肉厚の舌で容赦なくこじあけ、さっき指で掻きまわしたように傍若無人(ぼうじゃくぶじん)に口中を犯してくる。

「ンッ、ンンッ、やっ……んはっ」

逃げ惑う舌を強引に絡みあわせて啜りあげられ、上顎や粘膜を執拗に舐められるうち、だんだん頭に霞がかかったようにぼんやりしてくる。

「んっ、ふぅ…っ、う、ぅん……っ」

口の中で暴れる舌を噛みちぎってやりたいのに、乳首を捏ね回しながら絡められたら、力が抜けて甘噛みしか返せない。

この男は敵で、仇で、自分を辱めることしかしないのに、長くて激しい口づけから解放されたときには、飲み切れなかった相手と自分の唾液を口の端から溢れさせて喘ぐのが精一杯で、罵倒のひとつもでてこなかった。

頭上で拘束されていた腕を自由にされても、くったりと弛緩して動かすこともできず、膝立ちになった相手が下衣を脱ぐところを見せられても、巨大な凶器に心は恐怖や嫌悪を覚えるのに、喉がごくっと鳴ってしまう。

こんな自分は本当の自分じゃない、本当の自分はこんな男を欲しがったりしない、と必死に否定しながらも、戦の傷痕がいくつも残る浅黒い強靭な肉体でのしかかられたら、もう幕越しに誰が聞いているかなんて考えられなくなった。

「……ん……く、ぅ……っ」

キリルのまっさらな身体を、ロランは文字通り食い尽くそうとするかのように余すところなく唇を這わせ、舐め回してくる。

「……香りも甘いが、おまえは肌も甘いな……」

乳首を口に含んで吸いあげながら、もう一方を指で揉みたてられ、キリルは歯を食いしばって快感に耐える。

さっきから左右の乳首を交互に唇で弄ばれ、舌で根元から掘り起こされたり、めりこむほど押し潰されたり、執拗にしゃぶりつかれて胸元は相手の唾液でびしょぬれにされている。

指の背を噛んで声を堪えていると、不意にきつく乳首に歯を立てられ、キリルはビクッと身を震わせて思わず叫ぶ。

「やっ、痛っ、噛まないでっ……！　んぁっ、やぁ、んっ……！」

あられもない声などと屈辱的なことを言われたので、必死に声を出すまいとしているのに、ロランは時折痛いくらいに噛んだり抓ったりして悲鳴を上げさせ、すぐに蕩けるような甘い愛撫で宥めてくるので、痛みと甘さに翻弄されて徐々に喘ぎ声を我慢するのが難しくなる。

やっと乳首から離れてくれたと思ったら、鎖骨のくぼみや脇の下や臍などを気まぐれな舌でねっとりとくすぐられ、シーツに仰け反って悶えていると、両膝の裏に腕を入れてぐいっと左右に開かれた。

「……あっ……！」

乳首やあちこちを舐められて、触れられもせずに勃ちあがった性器をじっくりと視姦され、恥ずかしいのにたらたらと先走りが溢れてしまう。

またさっきみたいに激しく口でしゃぶられたい、とはしたない願望を抱いた自分を恥じて、なんとか足を閉じようとしたとき、腰が浮くほど上向かされ、露わになった窄まりに濡れた舌をねじこまれた。

「やっ、だめ、そこ……いやぁあーッ……！」

そこにはさっき指を入れられ、性器を受け入れる場所だとも知っていたが、まさか舌を入れられるとは思っておらず、キリルは驚愕して悲鳴を上げる。

身を捩って逃げようとするのを腕で阻まれ、より奥まで舌を押しこまれる。

「ロラ…ッ、や、中やめっ、ひ……あぁんっ」

根元まで入れられた舌で中をぐるりと舐め上げられ、ちゅぷちゅぷと音を立てて抜き差しされ、困惑と羞恥で抱えられた足の爪先が引き攣る。

一刻も早くやめてほしいのに、自分の内襞が相手の舌を悦んで締めつけるのがわかり、キリルはままならない身体に惑ってヒクッとしゃくりあげる。

ロランは思うさま蕾を濡らしてから舌を引き抜き、

「泣くことはない。身体のように心も素直になればいいだけだ。私がなにをしても、おまえの匂いは濃くなる一方だ」

と抱え上げていた足に片方ずつ指先まで口づけながら言った。

自分が泣かせているくせに、盗人猛々しい相手をキリルは喘ぎながら睨む。

本心からこの男が憎くて、獲物を弄ぶ捕食者のような真似をする相手とこんなことはしたくないと本気で思っているのに、身体が心を裏切って、もっと欲しいと思う気持ちを隠しきれず、浅ましい自分が香りで筒抜けになってしまう。

性器は痛いほど反り返り、後孔は相手の唾液と内から滴る蜜でぐしょ濡れで、早くどうにかしてもらわなければおかしくなりそうだった。

けれど、中を充たしてくれるなら誰でもいいとは思えず、もし選べると言われても、心から信頼を寄せるリオドルスや、この男よりはずっと優しくしてくれそうなアラリックやほかの相手ではなく、どうしてか目の前の相手しか受け入れる気になれなかった。

自分でも正気を疑うが、この身体の餓えを鎮めてくれるのはこの黒い瞳の男しかいないように思えて、キリルは睫を震わせて相手を見上げる。

「……ロラン、様……」

どうしてかいま一番助けを求めたい相手が一番自分を虐げるロランだけだったから、キリルは震える四肢をシーツに這わせて四つん這いになる。

きっとあとで我に返ったら死ぬほど悔やむとわかっていたが、本能のまま自ら腰を高く上げ、ひくつく後孔を無防備に差し出す。

拙い誘惑でも相手を誘えたらしく、がしっと腰を掴まれて熱い剛直を擦りつけられる。

「挿れるぞ」

相手の低い声に隠しきれない情欲が滲んでいたから、一方的に弄ばれて昂ぶらされているばかりでないとわかり、すこし溜飲が下がる。

ひときわ誘惑香が濃くなり、かふっと香りに噎せそうになったとき、ずぶりと太いもので身体を拓かれた。

「ア、あぁぁあーッ……！」

あまりの大きさに見開いた目が涙で潤む。

求めたことを後悔するほどの衝撃に思わず逃げをうつと、許されずに引き戻されてずぶずぶと最奥までねじ込まれる。

狭い場所に容赦なく押し入れられ、息も継げないいくらい怖くておののいているのに、あろうことかキリルは挿入されただけで達してしまった。

嘘、と驚くキリルの濡れた性器をロランは確かめるように片手でまさぐり、

「……達ったのか。いくら初心でもさすがオメガというべきだな。こんなに華奢な尻で私のものをすべて飲み込んで食い締めて……、動くぞ」

と低く言いざま、ロランは挿ってきたときと同様容赦のない動きで腰を遣いだす。

「アッ、やぁっ、待っ、ロラッ…、んぁっ、あーッ……！」

性器の長さを思い知らせるように内襞を纏いつかせて入口まで引き抜いては、尻たぶに繋み

が擦れるほど叩き込まれる。

何度も打ちつけられるうちに入口が泡立って、相手のものが出入りする音が耳を覆いたいほど粘(ねば)りを帯びる。

果てがないように繰り返される抽挿(ちゅうそう)で長さと熱さをさんざん覚えさせられたあとは、奥深くにとどまったまま左右の尻たぶを捏ね回され、太さと形をまざまざと教え込まれる。

もういらない、と心では思うのに、身体は貪欲(どんよく)に快楽を求め、裂けそうに太いものを咥(くわ)えこんだ腰をくねらせて無自覚に相手を煽(あお)る。

「あっ、あっ、すご…ぃいっ……ン、ン、あぅ、ん……っ！」

深々貫かれたまま乳首を同時に引っ張られ、またぴゅるっと達してしまう。

とろとろに骨抜きにされた身体に激しく腰を送り込みながら、ロランがキリルの首筋に唇を寄せてきた。

チュッと口づけられた瞬間、快感に朦朧(もうろう)としていたキリルはハッと我に返る。

本物の運命の番なら、交合(こうごう)中にうなじを噛むのは生涯ただ一人の伴侶と決定する行為だというゼルガーの言葉を思い出す。

本当の番とは思えないし、ほかの相手とこうしたいわけでもないが、生涯この男だけという愛と貞節と忠誠を誓う行為を心にもなく許したら、兄に顔向けできないような気がした。

キリルはロランが歯を立てようとした瞬間、避けるように首を捻って震える片手でうなじを隠す。

手の甲を噛まれ、痛みに身を竦めながら振り返ると、すぐそばにある意表を突かれたような相手の瞳とかち合う。

「……なんの真似だ」

行為の間中従順だったキリルの反抗を不愉快そうに咎めるロランを、キリルは挑むように見上げる。

「……わたしにとって、あなたは『伴侶』の前に『兄の仇』だから、身体は明け渡せても、心まで明け渡すことはできません」

後先考えずに口走ると、ロランは無表情に「……なるほど」と低く呟き、

「では身体だけでも遠慮なく堪能させてもらおう」

とそれまでも遠慮など一切していなかったと思うのに、後ろから貫いたまま身を起こされ、座った相手の上に深々と串刺しにされる。

「ひ、あぁっ……！」

大きく広げられた腿を摑んで何度も上下に持ち上げられては打ちおろされ、同時に下からも硬い性器を突き立てられ、キリルはボロボロ涙を零して身悶える。

辛くて泣いているはずなのに、気持ち良すぎて出てくる涙にも思えて、混乱しながら相手の膝の上で終わりを知らない淫猥なダンスを踊らされる。

幼児の排泄時のような恰好で揺さぶられながら、何度も中の蜜壺をごりゅごりゅと刺激され、キリルはまた触れられもせずに極める。

ピュッと放った精液が乳首にかかり、そんな些細な感触にもぶるりと身を震わせると、ロランが挿れたままキリルの身体を回して向かい合わせに跨らせ、白いもので汚れた乳首に舌を絡めてくる。

「んあぁっ……！」

下から突き上げられながら乳首をねぶられると、視界がチカチカしそうに気持ちよくて、思わず震える両腕で相手の頭を抱き寄せてさらに胸を押しつける。

心は渡さなければ身体くらい、と自分を誤魔化し、キリルは乳首を吸われながら味わう突き上げの快感に喉を反らせて浸る。

ロランが腰を穿つのをやめないまま、もうほとんど出るものもないキリルの性器を強く扱いた。

「アッ、あっ、ロラッ…、やめ、なんか変っ、変なの出そうっ……あっ、ひぁああッ……！」

中の感じる部分を抉られながら性器を執拗に高められ、ぶしゅうっと精液ではない水っぽいものを噴き上げてしまう。

なにがどうなったのかわからず顔までしとどに濡らして放心するキリルに、ロランも顔や胸からキリルの潮を滴らせながら醒めた声で言った。

「初夜で潮を吹くとは、さすが身体だけならくれてやると豪語するだけのことはあるな。娼館（しょうかん）のオメガも顔負けだ」

「……っ！」

あまりの言葉に、自分がそうさせたくせに、とキリルは思わずロランの頬を平手で打つ。

生まれて初めて人を叩いてしまい、ハッと息を飲んで叩いた右手を左手で押さえて相手を上目使いに窺うと、ロランは目を眇め、

「……どうあっても娼婦のように扱われたいようだな」

と低く言いざま、ダンッと寝台が揺れるほどの強さで背後に押し倒される。

相手の怒張（どちょう）が果てるまで、永遠に続くかと思うほど長い間出し入れされ、悲鳴も涸（か）れるほど泣かされ、キリルはその晩射精せずに絶頂を迎えて失神するまで解放してもらえなかった。

＊＊＊＊＊

「……キリル様、そんなお顔は婚礼の日にふさわしくありません。お気持ちはわかりますが、どうかこの部屋を一歩出られたら、ダウラート広しといえどもコルトーから嫁がれた王子ほど美しく幸せそうな御方はいないと民の語り草になるような笑顔をお作りください。……でないと、また陛下のご勘気に触れ、寝所でお辛い目に遭われるかと……」

ロランの居城ダウラターバルド城のキリルに宛がわれた私室で、婚礼仕度を手伝うほかの侍女たちに聞こえないようにリオドルスが気遣わしげに囁いた。

キリルは鏡に映る純白の絹地に金糸で細かい百合とエニシダの意匠が刺繍された婚礼衣装に身を包んだ己の姿から目を逸らし、沈鬱な溜息を零す。

コルトーを発ってから王都までの四日間、ロランは夜毎天幕でキリルを蹂躙し、必ずリオドルスに事後の世話をさせた。

幕越しに一部始終を聞かれたうえ、身体中に所有の赤い印をつけられて、汗と涙と唾液と精液に塗れた行為の跡も生々しい汚れた身体を乳兄弟に見られるのはほかの誰に見られるより嫌だったが、指一本動かせないほど疲れきっていて、粛々と後始末をするリオドルスに礼も言えずに気を失うように眠ってしまう日が続いた。

発情期が終わってもアルファには関係ないとばかりに、強張る身体を潤滑油で無理矢理拓かれ、身籠らない時期なのに大量に奥に種を撒き散らされた。

そして昨日城に着いてからも男娼のような扱いを受け、きっと番の証の行為を拒んだりして意のままにならなかった罰として、徹底的に辱めてやろうというつもりなのかもしれない、とキリルは物憂く窓の外に視線を向ける。

キリルの沈んだ心とは裏腹に、ダウラートの空は目の覚めるような快晴で、王都に住む人々が王宮前の広場に国王の伴侶をひと目見ようと続々と集まっていると侍女たちから聞いた。

キリルはもう一度憂鬱な溜息を零し、小声で乳兄弟に言った。

「……見世物にされるだけなのに、笑顔なんて作れるわけないだろう。全然幸せな結婚じゃないのに、幸せそうな顔をするなんて無理だし……、それに、わたしよりもずっと美しい人が後宮にいたじゃないか」

昨日の午後、初めて見る壮麗かつ堅牢な王城に着くと、ロランは今後のキリルの住まいとなる城の一番奥にある翼棟に連れていった。

王の伴侶が元敵国の王子とは、と城内の人々に敵意を示されるかとすこし怯えていたが、元々複数の国が融合している国だからか、意外なほど自然に受け入れられ、ひとまず安堵した。

国政の場である外廷から長い廊下で隔てられた翼棟には、これまでダウラートが征服した国から差し出された人質の男女が幾人も部屋を与えられて住んでいた。

元は自国の王位継承者だったような高貴な身分の人質ばかりで、肌や髪の色はそれぞれだが見目麗しい者が多く、オメガもいるとのことだった。

ロランに簡単に紹介されてぎこちなく皆に挨拶しながら、この人たちはただの人質なんだろうか、いや絶対あんな絶倫の性豪がなにもせずに預かっているわけはないから、きっと全員ロランのお手付きに違いない、とキリルはひそかに思う。

別に側室が何人いようと全然構わないし、むしろほかの人の寝所に行ってくれたほうが万々歳だから熨斗をつけて送りたいくらいだと思いつつ、ふと、交合中にうなじを噛むとお互いにしか発情しなくなるのに、こんなに側室がいるロランがなぜ自分を噛もうとしたんだろう、とキリルは疑問に思う。

やっぱり本物の番じゃないから、今後もほかの人も抱くけれど、わたしには自分のほうが立場が上だと思い知らせて屈服させようという意図で噛もうとしたのかも、と相手がやりかねなさそうな理由を想像して反感を募らせていたとき、「陛下」と涼やかな声が聞こえた。

声のしたほうを見ると、亜麻色の長い髪を右肩から前に垂らした美貌の男性がにこやかに近づいてきて、ロランに優雅にお辞儀をした。

「陛下、お早いご帰還で嬉しゅうございます。この度は戦をせずに済んだと伺って安堵いたしました」

すらりと背が高く、右目が青く左目が金色の不思議な瞳のその人は、うっとり見惚れたくなるほど美しく、キリルが内心驚いたことにロランの無事の帰還を本気で喜んでいるように見えた。

元フォンター君主国の王子だと紹介された亜麻色の髪の人に会釈しつつ、きっとこの人こそ、ただの人質ではなく、ロランの一番の寵愛を受けている愛人なのではないか、とキリルは疑う。

さっき紹介された人たちも笑顔でロランに接していたが、どことなく虜囚としての遠慮や壁みたいなものが感じられたけれど、こちらの方は本気でロランを慕っているように見受けられる。

稚児趣味はないと言われたことを根に持つわけではないが、きっとこういう美しくて物腰柔らかな方が好みなのかもしれない。

戦で負傷したりしないか案じながら帰還を心待ちにしてくれるような相手がすでにいるのなら、わたしなど伴侶にしなければよかったのに、とキリルは内心憮然とする。

それにこちらの方にも是非参考に伺わせてほしいけれど、こんな男のどこがいいんだろう。自国を征服した敵で、はるばる連れてこられて自由も制限されて、そのうえ閨でも暴君で、人質にされても帳消しにできるような魅力なんか皆無なのでは。

……でも、暴君なのはわたしに対してだけで、もしかしたらこちらには優しくしているのかもしれない。もしひどい扱いを受けていたら、本気で慕わしげに微笑んで出迎えたりしないだろうし、と思ったら、胸がざわついて余計ロランが憎くなる。

亜麻色の髪の王子がキリルに興味深げな視線を向けてからロランに目を戻した。

「陛下、こちらのお美しくて可愛らしい御方は新しいお仲間でしょうか？」

そちらのほうがずっと美しいし、新しい仲間とは、人質仲間ということか、愛人仲間という意味なんだろうか、とキリルが思ったとき、ロランが言った。

「いや、キリルは人質ではなく私の番で、明日婚礼の儀を執り行う正式な伴侶だ。……ただ、私を兄の仇と恨んでいて、まったく心を開く気がないようだが」

素っ気なく嫌味ったらしいことを付け足され、あなたも心を開かせようと歩み寄る気がまったくありませんよね……！　と言い返したくなっていると、亜麻色の髪の王子が目を瞠ってからキリルに優しく笑みかけた。

「そうでしたか。キリル様、初めまして、リンツェットと申します。……兄上様についてのご事情はよく存じませんが、陛下は公正な御方です。きっとやむにやまれぬ経緯があったのでは。せっかく番の相手に巡り合えたのですから、許してさしあげては」

「……」

本物の番じゃないし、ロランの愛人らしい人に仲を取り持つようなことを言われてもなんと返事をすればいいのか……、とキリルが困惑していると、リンツェットはすぐに一歩退いた態度でキリルに詫びた。

「キリル様、大変失礼いたしました。大事な兄上様だったかもしれませんのに、余計なことを申しまして、お気を悪くされましたらお許しください」

「……いえ」

すこし年上のようなのに、年下の自分にすぐに詫びたり、空気を読んで細やかな心配りができる人らしく、美しいだけじゃなく性質も穏やかで謙虚だからロランに寵愛されているのかも、と納得はいく。

納得はいくけれど、なんとなくもやもやした気持ちも拭えずにいたとき、

「リンツェット、キリルは長い間森の奥の隠れ家に隔離されて育った世間知らずの箱入りだ。是非あなたに友人になってやってほしい」

とロランが言った。

なぜわざわざなにも知らない方に『箱入り』と紹介する必要があるのかわからないし、わたしのことは「おまえ」呼ばわりで、こちらには「あなた」と丁寧に呼びかけているのも釈然としないし、友達になってやってくれ、なんて保護者面される謂れはないと思いますが、と腹立たしく思っていると、リンツェットはたおやかな笑顔で頷いた。

「もちろんです、仲良くしていただけたら私も嬉しいです。キリル様、これからはお近くに住まう隣人として、親しくおつきあいいただけたら光栄です。私もこちらに来て一年の新参なのですが、私にわかることでしたらなんでもお聞きください」

自分のほうがより愛されているという自信と余裕があるから、こんなに好意的に接してくれるんだろうか、と若干微妙な気持ちだったが、キリルにはロランの寵を誰かと競いあって一位の座を勝ち取りたいという気がないので、ロランに言われたからではなく、こちらの方が優しそうだからもっと知り合ってみたいと素直に思い、「よろしくお見知りおきください」とリン

ツェットに微笑を見せた。

その後、自室で旅の疲れを癒す暇もなく、翌日着る婚礼衣装の仮縫いでお針子たちに取り囲まれ、長時間立ちっぱなしにさせられた。

冠や靴やマントなど付属の品の仕立てもあり、夜になってやっと解放されてひと息つこうとしたら、不在中の国政の報告を受けに外廷に出向いていたロランがアラリックを伴ってキリルの部屋にやってきた。

なんでわざわざこの部屋に、自分の部屋で休むかほかの愛人のところに行けばいいのに、と思いつつ、一応お辞儀をして椅子を勧めると、

「キリル、もう夕食は食べたか？」

と素っ気ない口調で問われた。

「いえ、まだです。いままで仮縫いがありまして」

そういえば途中でお茶とクッキーをおやつにいただいただけだからおなかがすいた、と思いながら答えると、ロランは侍女に二人分の食事を厨房から取ってくるように命じ、扉近くに控えていたアラリックに「今宵はここに泊まる。おまえも下がって休んでくれ」と告げた。

ここに泊まるって、明日は結婚式なのに、今夜も気絶するまで抱く気なんだろうか、とキリルはおののく。

コルトーからここまでの道中、昼間はロランと同じ馬に乗せられていたので足腰が立たずに

ぐったりしていても運んでもらえたが、明日は大勢の注目を浴びながら礼拝堂を歩かなければならず、よろよろしていたらみっともないし、恥ずかしい。

今夜は絶対断ろうと心の中で決意したとき、食事が運ばれてきた。

ダウラートの料理は多国籍の料理番が作る珍しい香辛料を使ったものが多い。

野営のときから食べ慣れない味のスープや肉料理が出て来て、この味はどの地方原産のなんという香辛料を使った料理なのか知りたいと毎回思ったが、わからないことはすべて自分に聞くようにと言われたときの状況が癪に障ったので、キリルは意地になってなにも聞かずに黙々と食事を口に運んだ。

ロランも口数が少ないのでふたりで食卓に向かい合いながら会話も弾まず、ブラーナの作る美味しいコルトー料理を和気藹々と食べていたのはたった数日前のことなのに、と暗い瞳で主菜とパンを食べ終える。

デザートは蜂蜜と葡萄酒に漬けこんだ林檎やプラムやイチジクなどの果物とナッツを入れて焼いたケーキに水牛の乳で作ったクリームがかけられたもので、これが一番口に合うと目許を緩めながら食べていると、向かいで相手が小さく笑ったような気配を感じた。

目を上げるといつもの無表情だったので、気のせいかと思ったとき、

「気に入ったのなら、これも食べるか」

と自分のケーキの皿を愛想なく差し出され、キリルは内心ごくっとそそられつつも首を振る。

「……いえ、結構です。美味しいですから、どうぞ陛下がお召し上がりください」

もしかしたら、甘い物に大喜びでぱくついている顔を見て子供のようだと鼻で嗤ったのかもしれないし、勧められて素直に食いついたら、さすが隠れ家育ちは遠慮も知らずに人の物まで食い漁るのかとまた小馬鹿にする気かも、とすっかり不信感にとりつかれていると、

「……ふたりだけのときは名を呼ぶようにと言ったはずだが」

とうっすら不機嫌そうに言われた。

それはそうだけれど、旅の間も同じ馬に同乗させられていても、初日の尋問のような質問攻め以外特に話しかけてもこなくて、物みたいに黙って乗せたり下ろしたりされただけだったし、一緒に食事をしていても進んで会話を振ってくれるわけでもなく、きっと身体さえ自由にできれば中身なんてどうでもいいと思っているに違いないのに、表面的に名前を呼ばせて親密そうに振る舞えと言われても……、とキリルは余計心を閉ざす。

食後のミントティーを注いだリオドルスに、侍女と一緒に下膳に行くついでに厨房で食事をしてくるようにとロランが告げた。

ほかの人には結構細やかな配慮をしたりするくせに、どうしてわたしにはまったくなんの配慮もしてくれないいんだろう、とキリルは内心憤慨しながらお茶を啜る。

リオドルスと侍女がお盆を持って退室すると、食器を動かす微かな音も衣擦れの音もしなくなる。

ふたりきりのしんと静まり返る気詰まりな沈黙を破ってキリルはロランに切り出した。

「……あの、陛下にお願いがあるのですが、どうか今宵は、ほかの方の寝所でお休みいただけないでしょうか……」

なるべく波風を立てないように婉曲に言うつもりだったが、露骨に拒否する言い方になってしまい、相手の視線が一瞬にして冷気を帯びた。

「……なぜだ」

キリルは内心怯みつつ、勇気を振り絞って続けた。

「……明日は婚礼の儀が控えていますし、自力で歩けないと困ります……。陛下が添い寝だけで済ませてくださるのなら構いませんが、無理ならほかの方に……。陛下は最初に『婚礼の儀を終えるまで床入りはしないつもりだった』とおっしゃいましたし、コルトーから戻る道中は、ほかに適当な夜のお相手がいなかったかもしれませんが、もう王宮に戻られたのですから、御寵愛の御方の元に行かれては……。この先もわたしはお飾りの伴侶で構いませんし、決してほかの方と浮気しないでほしいとか独り寝が淋しいなどと申しませんから、発情期でもないわたしをわざわざお抱きにならず、ご自由にお好きな御方とお過ごしいただけないかと……」

きっと好みでもないのに同盟のためにしょうがなく抱いてやっているという気でいるからあんなに無体をされるに違いなく、もう子作りの義務以外に抱かれたくなかった。

自分を好んでいないのになぜうなじを噛もうとしたのかやはり謎だが、ロランにとっても本心から望む相手と閨を共にしたほうがいいだろうし、双方にとってよかれと思って提案すると、相手は浮気を寛大に許す物分かりのいい伴侶だと喜ぶどころか冷ややかに激昂した。

「私がどこでどう夜を過ごすか決めるのはおまえではない。……もし兄より先におまえと出会えていたらと思うが、いまさら仮の話をしても意味はない。おまえがどんなに私を恨んでいても、親や国のために私の物になると誓ったのはおまえ自身だ。発情期だろうとなかろうと、伴侶の身体を好きにする権利が私にはある。役目も果たさずに約束の履行を望むのは虫が良すぎるぞ」

「……っ」

それを言われると返す言葉がなかった。

ロランの気を損ねることはコルトーの存続に直結すると頭ではわかっているし、早く詫びて機嫌を取らなければ、と思うのに、リンツェットのように大人げある殊勝さで「出過ぎたことを申しました」と許しを乞うことはキリルにはできなかった。

唇を噛みしめて傷ついた瞳で相手を見返すと、無表情に視線で寝所に行くように示される。改めて自分の意思や希望などなにひとつ通らない弱い立場だと思い知らされ、キリルは刑場へ連れていかれる無実の囚人のような重い足取りでとぼとぼと奥の続き部屋へ向かう。

天蓋のある大きな寝台のそばまで行くと、後ろからロランの無慈悲な声がした。

「服を脱げ」

昨日までは寝台に連れ込まれるや、破けそうな勢いで裸に剝かれたが、今日は初日の身体検分のときのように灯りの中で自ら全裸になるよう強要される。

キリルは羞恥と屈辱に潤みかける瞳を隠すためにロランに背中を向けたまま服を脱ぐ。

連日肌に散らされた濃淡のある赤い跡だけを纏った姿になり、俯いて寝台に乗ろうとしたとき、ロランが言った。

「私の服もおまえが脱がせろ」

「……え」

驚いて振り返ると、醒めた視線で見おろされ、キリルはもう一度唇を噛む。

自分を王子らしい王子とは思っていないし、血筋や育ちが良ければ人としても価値が高いなどとは思っていないが、この元奴隷の王に下僕のような真似をさせられるなんて侮辱以外の何物でもないような気がした。

発情期で理性が麻痺している時なら相手を脱がせることにも抵抗感が薄かったかもしれないが、いまは苦行でしかなく、キリルは溜息を押し殺してロランのそばに裸足で近づく。

「……では、上着から失礼いたします……」

いまから自分を凌辱する男の準備を自らしなければならず、キリルは泣きたい気持ちで黒い天鵞絨の上着の象嵌細工のボタンを外して脱がせ、シャツの胸元で交差する結び紐に指をかけて解き、長身の相手に爪先立って両肩の布地を摑んで引っ張りながら頭から引き抜く。

硬い筋肉のついた裸の上半身から視線を落として足元に膝をつき、膝上まである長いブーツを片方ずつ脱がせると、キリルはこくっと息を飲んでから、下衣(かい)の腰におずおず手を掛ける。

こんなものを脱がすのは心底嫌だったが、二度も恥ずかしい思いをしたくなくて下着と一緒にずり下ろすと、平常時でも目を疑う大きさのものが眼前に現れる。

直視しないように急いで目を背(そむ)けて足首にわだかまる布を両手で片足ずつ外し、相手も一糸(いっし)纏(まと)わぬ姿にすると、自分だけ裸で仕(つか)えさせられている屈辱感がすこし薄らいだ。

一仕事終えた気持ちでキリルが立ち上がろうとしたとき、ぐっと片手で後頭部を掴まれて相手の股間に強引に顔を寄せられる。

「……ちょっ、なにを……！」

いきなり凶器に顔がつきそうなくらい近づけられ、キリルはぎょっと身を固くして離れようとする。

ロランは手でキリルの頭を押さえたまま、低く言った。

「口に含め。いつも私がするように、おまえの舌で舐(な)めしゃぶって勃(た)たせるんだ」

「……っ！」

どこまで男娼扱いすれば気が済むのかとキリルは目を見開いて唇をわななかせる。

そんなことは死んでもしたくない、と跪(ひざまず)かされたまま相手を睨むと、ロランはコンノートがよくしてくれたようにキリルの髪を優しくひと撫でしたあと、再度ぐっと後頭部を掴んで顔を性器に押しつけた。

「嫌でもやれ。おまえは私の物だ。わかるまで何度でも言う」

無理矢理顔に性器をなすりつけられ、屈辱にもがきたいのに強く頭を押さえられて抗えず、ぎゅっと目を閉じることしかできない。

瞼や頬や唇に茎が擦れて嫌悪感に総毛立つのに、どういうわけか心の奥底で、これは自分のものだと思う気持ちもひそかにあり、無意識に唇を開いてしまいそうになる。

どうしてこんな無礼なことをされてそんな馬鹿なことを思うのか、自分が信じられずに急いできつく唇を引き結ぶと、ロランが性器を摑んでキリルの唇に亀頭を強く押しつけてくる。

こんなものは絶対舐めたくないと思っているのに、きつく閉じた口の内側でじゅわっと唾が湧いてしまう。

じわじわ溜まるばかりの唾をいま飲み込んだら、物欲しげな音を立てたと相手に思われてしまう、と内心うろたえていると、最後通牒のようにロランが言った。

「キリル、口を開けろ。やるまで待つが、もし指や舌にしたようにおまえが私のものを噛めば、乳兄弟が宦官になるだけだぞ。大事な友を不具にしたくなければ、上手に舌を遣え」

「……っ」

ぐりぐりと亀頭で唇を擦られ、本気で噛み千切ってやりたいが、リオドルスを去勢すると脅されてはそれも叶わず、キリルは嫌々わずかに唇を開く。

たらりと唾が滴(したた)り落ちる口の中にぐっと性器を押し込まれ、苦しさと嫌悪感に顔を歪(ゆが)めながらも義務で渋々舌を絡めると、労(ねぎら)うように髪を撫でられた。

「……ンッ、ふ、んくっ……」

すぐに顎(あご)がだるくなるほど大きくて、軽く奥に動かされただけでえずきそうになってしまうが、相手の性器は持ち主よりよほど素直で、キリルの唇と舌の奉仕にほどなく硬く天を向いた。

本人は無愛想で暴君だが、ここはすこしだけ可愛げがあるような気がして、口に入れるまではあんなに嫌だったのに、相手の興奮を舌で直接感じられるこの行為にキリルは徐々に能動的になる。

「んっ、ぅんっ、うっく、んんっ……」

どうせ後で貫(つらぬ)かれるのだから、これを舐めて濡らすのは自分が楽に受け入れやすくするためだ、と自分に言い聞かせ、キリルは口の中に溜めた唾液をたっぷりまぶすようにロランの性器に舌を這わせる。

「……なかなか筋がいいな……」

こんなことを誉められても嬉しくもなんともないが、箱入りは性技(せいぎ)も下手だと馬鹿にされるよりはマシな気がして、キリルは子猫がミルクを舐めるようにちろちろと舌を閃(ひらめ)かせたあと、口を大きく開けて含めるだけしゃぶりつき、ロランによくされるように鈴口に舌先をねじ込んだり、口から出して横咥(くわ)えに根元まで甘噛みしたり、いつのまにか本物の恋人に奉仕するよう

に懸命に唇で尽くしていた。

頭上から吐息交じりの声が降ってきて、

「……キリル、おまえのことも舐めてやる。寝台に横になれ」

なぜか相手のものを舐めているだけで自分まで興奮して脚の間が反応しており、ロランの口の中がどんなに気持ちいいか思い出しただけで期待にさらに張り詰めてしまい、キリルは命じられるまま寝台に横たわる。

ひそかに鼓動を逸らせて待っていると、ロランは芯を持って震えるキリルの性器を片手で握り、もう片方の手で床から拾い上げたキリルの靴下止めをぐるぐると性器の根元に巻いてきつめに縛った。

「なっ……!?」

いきなりなにをするのかと驚愕して肘で身を起こすと、キリルの眼前でロランは敏感な尖端を大きな舌で覆いながら言った。

「おまえは明日の式に備えてあまり疲れたくないらしいから、一度しか求めないつもりだが、発情期でなくても感じやすいおまえの身体が何度も射精して疲れないように縛っておく」

「……っ」

そんな余計な配慮はいらないし、こんな意地の悪いことをするくらいなら最初からなにもしないでほしかったのに……！　とキリルはどこまでも自分の意を汲んでくれない相手を涙目で睨む。

こんな玩具みたいな扱いはされたくない、とキリルが恥辱に頬を熱くしながら緊縛を外そうとすると、ロランはキリルの両手を摑んで阻み、熱い口中に性器を飲み込んで激しくしゃぶりだした。

「あぁっ、やっ、あぅっ、はぅんっ……！」

してほしいとひそかに望んだことと、まったく望んでいなかったことを同時に性器に施され、キリルはじゅぽじゅぽ頭を振って啜られる強い快感に喘ぎながら、きつく縛められた根元がじんじん疼く痛みに呻く。

「あ、あ、ロラッ…様っ、これ嫌、これ取って……んあぁんっ！」

両手を握られ、食いこむ紐を外せないまま濃厚な舌遣いで舐めしゃぶられ、ビクビク腰を跳ねあげて延々続く甘美な拷問に乱される。

どうしていつも手を変え品を変えて辱めるのか、いくら領土のための結婚でもひどすぎる、きっと寵愛する亜麻色の髪の方には無体な真似などしないに違いないのに、とキリルは喘ぎながらしゃくりあげる。

ロランは唾液まみれにしたキリルの性器を口から抜き、奥まった蕾にずにゅにゅうっとぬめる舌をめりこませてきた。

「ひあぁぁッ……！」

まるで意思を持つ生き物のように熱くて長い舌を中で蠢かされ、恥ずかしくて嫌なのに、キリルの尖端からは先走りがとめどなく零れ落ち、性器を縛る靴下止めがぐっしょり濡れて余計締まって辛くなる。

ずちゅずちゅと舌を抜き差しされて性感を高めるだけ高められ、発情期ではないのに執拗な愛撫で強く発情させられてしまう。

もっと違うことをしてほしいと喉まで込み上げる願いを、キリルは金の髪を打ちふるって必死に掻き消そうとする。

こんな意地悪な相手にこの先をねだるなんて死んでも嫌だと思うのに、ずんずんと何度も舌で突かれると、もっと大きなもので埋められたいという欲望が身の内ではちきれそうに膨らんで、それ以外考えられなくなる。

限界まで堪えて、キリルはこれ以上我慢できずに食いしばっていた唇をほどき、涙声で懇願した。

「……ロ、ロラン様……、もう、お願いだから、挿れてくださ……っ、この紐を取って……舌じゃなくて、ロラン様の…もので、奥を突いて、達かせてください……っ」

とにかく早く達きたくて出したくて、自尊心はねじ伏せるしかなかった。

ここまで昂らされたら、もう挿入して突いてもらわなければおさまりそうもなく、口にするのも恥ずかしい言葉でねだる。

いつも事に及ぶまでは、ロランとの行為は怖くて恥ずかしくて辛いから絶対嫌だと思うのに、ひどいことはいろいろされても本当に身体を傷つけるような暴力的なやり方で身を繋がれたことは一度もなく、必ず最後は快楽を与えられると身体が覚えてしまった。

強い欲情と羞恥に潤む瞳で相手を見つめると、

「……おまえが素直だと調子が狂うが、そういうおまえは悪くない」

と呟き、ロランは身を起こしてキリルのことも抱き起こした。

腰を抱えられて相手を跨ぐように座らされ、仰向けになった相手に見上げられる。

初めての体勢に戸惑っていると、

「キリル、今宵はおまえが好きなように動け。自分で加減しながら腰を下ろして悦い場所で揺らし、おまえが達けば終わりにしてやる」

「……え」

それが一応相手なりの気遣いや譲歩のつもりだとはわからず、きっとこれは相手のものを自分で挿れるところや、腰を振って乱れる姿を下から観賞して、また辱めてやろうという気に違いない、とキリルは涙目で恨めしくロランを見おろす。

さっき口淫を強要されたときもやるまで待つと言われたし、いまも嫌だと抗ったところで「おまえに断る権利はない」と頭ごなしに言われるだけだと経験上悟り、キリルは破廉恥な真似を強いる相手を呪詛しながらのろのろ腰を上げて膝立ちになる。

後ろを振り返って憎いくらい大きいものを片手でおずおず摑み、最前まで相手の舌を長々含まされてひそかにくぱくぱ開閉している自分の後孔に当たるようにそろそろと腰を落とす。

「……ン、うぅうんっ……！」

大きく張り出した亀頭をなんとか中に咥えこみ、ずずずと自分の重みで中程まで侵入を許す。圧迫感でそれ以上飲み込めず、腿をぶるぶる震わせて耐えていると、きつくて辛いのに、隙間なく内襞を拓いている相手のものが、どうしてかあるべき場所におさまったような気持ちにもとらわれる。

肩で息をついてロランを見つめても、下からじっと見つめ返されるだけで動いてくれず、キリルは仕方なくゆるゆると腰を振りはじめる。

は、は、と浅く息をしながら小さく腰を動かすと、いいところにロランの尖端が当たってビクンと身を仰け反らせる。

なるべく相手に痴態を見せたくないと思いながらも、その快感を知ってしまった後では身体のほうが我慢がきかず、キリルはそこに当たるように何度も腰を揺すり、徐々に大胆に腰を振ってロランの性器を使って自分の奥を慰めることに夢中になる。

「……あ、あ、ここ、いぃ……っ、は、はぁ、あぅんっ……！」

後ろを自分の好きなリズムで突きながら、根元を縛める紐を解こうとすると、やおら身を起こしたロランがキリルの乳首を噛むように吸いついてくる。

「あぁんっ……！」

思わず中のロランのものを締めつけると、ロランは乳首を吸いながらズンッと下から根元まで突き入れてきた。

「あぁッ、深…、だめ、そんな奥……やっ、ひぁあっ……！」

「……今宵は手加減するつもりだったが、やはり無理だ。許せ」

途中まで大人しく臥していた分を取り返すかのようにキリルの腰を摑んで激しく上下に揺り動かし、自分の腰も容赦なく突き上げてくる。

自分の好きなように動けと痴態を披露させておきながら、やはりいつも通り相手の望むまま貪られ、相手が達くまで縛めも取ってもらえず、キリルは結婚前夜もさんざんに食い尽くされたのだった。


生きた抱き人形のように扱われた翌日、キリルは戴冠式で宝石の散りばめられた冠をロランの手で与えられ、純白の婚礼衣装に床を引きずるほどの白貂の長いマントをつけてロランの隣で婚礼の儀を受けながら、心は虚ろだった。

ロランにとって自分は敵国の王子で、暗殺を謀った兄の弟だから、まともな扱いをする必要はないと思っているに違いなく、きっとこれからも心ない仕打ちで男娼のように辱められるだけなのだろう、と陰鬱な気持ちで結婚証明書に署名する。

兄の仇を愛することは自分にもできないが、すこしも自分を愛おしむ気のない男の伴侶としてこれから一生過ごすのかと思うと、自分で覚悟を決めて選んだ道のはずなのに嘆息しか出てこなかった。

表面上は神父の前で誓いの言葉を繰り返し、宮廷の重臣や有力者たちにお披露目の謁見をし、城のバルコニーから広場に集まった群衆に微笑で手を振ることさえしたが、キリルの心は閉ざされたままだった。

ダウラートの民にロランは慕われているらしく、キリルのことも王の選んだ伴侶として祝福されて受け入れられたが、それを喜ぶ気持ちにはなれなかった。

キリルの人生の第二章は森の隠れ家から豪華な牢獄に場所を変え、幸せだった第一章からの急激な暗転に心がついていけないまま始まった。

＊＊＊＊＊

「キリル様、新しいゲームをお持ちしたのですが、ご一緒にいかがですか？」

リンツェットがリオドルスに案内されて部屋に入ってくると、周りの空気がふんわりと柔らかくなる気がして、キリルは作り物ではない笑みを浮かべる。

婚礼の日からしばらく経ち、昼間は国賓や使者が訪れたときなどにキリルも外廷でロランの横にいなければならず、添え物のようにただ玉座に座っているだけでも人慣れしていないので緊張を強いられ、夜は連日ロランに身体を求められ、気の休まる時がほとんどなかった。

公務がないときはリオドルスと一緒にアラリックから乗馬の手ほどきを受けることもあるが、リンツェットと部屋で過ごすひとときが一番心が安らいだ。

初めてリンツェットが訪ねてきたときは、もしかしたらライバルのように思われて苛められるかも、とすこし身構えたが、リンツェットはロランがいない時でも態度を変えることはなく、生活が激変して気疲れするキリルを優しく労わってくれた。

教養深く話題も豊富で会話をするのも楽しく、リンツェットもオメガだということにも親しみを感じ、ロランの寵愛の相手だとしても人として素敵なので、キリルはリンツェットに心を開いてすぐに懐いた。

長椅子に向かい合って小さな騎兵や歩兵や武器の駒を使う国盗りゲームのルールを教わりな

がら、

「……あの、リンツェット様、つかぬことをお伺いしたいのですが……、陛下はリンツェット様に、人もなげなお振る舞いをなさることはありませんか……？」

と、できるだけさりげなさを装って閨でのことを探ってみる。

昨夜も乗馬の練習で疲れたので遠回しに閨の務めを拒んだら、後ろ手に縛られて自分が馬のように後背位で責められ、抜かずに騎乗位でも責められた。

リンツェットにもそんな無体をするんだろうかと思いながら訊ねると、リンツェットは駒を持つ手を止めて、美しく小首を傾げた。

「……人もなげなお振る舞い、ですか……？　いえ、特には。いつもお気遣いくださり、ありがたく思っております」

「……え」

やっぱりあんな辱めを受けているのはわたしだけなのか、とキリルは納得いかずに内心歯噛みする。

リンツェットのことは好きなので、同じような目に遭えばいいなどとは決して思わないが、その差をつけるロランがひたすら憎らしい。

内心ぶすぶすとロランへの憤懣を燻らせていると、リンツェットは穏やかに微笑みながら言った。

「陛下はあまりお気持ちをお顔に出されませんし、眼光も鋭くていらっしゃるので、私も初対面の頃は恐ろしく感じたものでした。でも無表情でも別にご立腹でも不機嫌でもないのですよ。わかりにくいかもしれませんが、本当は寛大でお優しい御方です。もしキリル様がなにか人もなげとお感じになった言動があるとしても、きっと陛下がすこし言葉足らずなだけで、まったく悪意はないと思いますよ」

「……」

とても同じ人間の話をしているとは思えない所感にキリルは内心あんぐりする。

本気で言っているのか聞きたいし、惚れた欲目で判断力がおかしくなっているとしか思えないし、わたしの前ではいつも不機嫌に怒っていて悪意以外の何物でもない態度しか取られたことがありませんが、と言いたいが、具体的にどこでどんな態度を取られるのか証拠をあげつらうこともできず、キリルは渋々反論を封じる。

「……リンツェット様は、随分陛下を信頼していらっしゃるのですね。失礼ですが、人質のお暮らしは不本意ではないのですか……?」

もし可能なら今日にでもコルトーの両親やブラーナの元に帰りたいくらいのキリルが訊ねると、リンツェットは色違いの瞳を軽く瞠って複雑な微笑を浮かべた。

「……キリル様はきっとお国でみなに大事に愛されてお暮らしだったのでしょうね。……私はこの目の色のせいで生まれたときから不吉な子だと疎まれていて、まだ母が生きている間は庇ってもらえたのですが、亡くなったあとに父が娶った次の妃に息子が生まれ、故国ではずっと肩身の狭い思いをしておりました。あのまま国にいても居場所はないも同然でしたし、陛下は属国にした国の言語や信教や文化をそのまま残しながら統治されるので、完全にフォンターが消えたわけではないですし、私としてはこちらに来て、初めて不吉がられずにありのまま接していただけるようになり、楽に息ができるようになりました。すべて陛下のおかげだと感謝いたしております」

「……そうだったのですか……」

キリルはリンツェットの瞳を見つめ、こんなに綺麗なのに故国では辛い思いをされていたのか、と胸を痛める。

ロランがそういう状況を知って救いの手を伸ばしたのなら、騎士物語のようで素敵だけれど、こんな美しい方だけに飽きたらず、わたしにまで手を出すなんて、やっぱり最低な好色漢としか思えない、とキリルは憤慨する。

キリルはリンツェットに率直な気持ちを告げた。

「わたしはリンツェット様の瞳は不吉どころか宝石のようにお美しくて大好きです。お人柄もお優しくて、陛下がお気に召されるのもよくわかるのですが、わたしのことは、ただ金の生る木の鉱山のためにもらってやったと思っておいでらしく、初対面で『稚児趣味はない』と言われましたし、暗殺を謀った者の弟だから、お厭いなのだと思います。リンツェット様は陛下が寛大で優しいとおっしゃいますが、わたしにはそう振る舞ってはくださいません」

別にロランに愛されたいわけではないが、リンツェットに対する態度の半分でもいいからまともに接してほしくてつい愚痴を漏らすと、リンツェットは驚いたように目を見開いて首を振った。

「陛下がキリル様をお厭いなんて、なぜそんな誤解を……、そんなわけありませんでしょう。運命の番の相手ですし、夜毎キリル様の寝所でお過ごしではありませんか。日中もできる限りそばに置いていらっしゃるようですし、乗馬の練習も、本当は公務がなければアラリックに任せずに陛下がご自身でなさりたいようですよ」

「……え」

どうしてそんなことを知っているのか、本人から聞いたんだろうかと首を傾げる。

リンツェットの口調に嫉妬や恨み言めいた響きは感じとれなかったが、ロランが自分の寝所になかなか来なくなったと本当は不快に思っていたら困る、と気を回してキリルは慌てて弁解する。

「いえ、番というのは縁組のための方便で、事実じゃないと思います。陛下は単に鉱山を取り返したかっただけで、私のことはおまけで娶った伴侶に過ぎません。でも露骨に放っておくと真意がコルトーの両親に気づかれて国交上よくないとでも思って、とりあえず横に置いてるだけなんじゃないでしょうか。一緒に食事をしていても、『口に合ったか』くらいしか話しかけてもくれず、たまにたくさん話すときはひどいことしか言われません。陛下がわたしをお厭いなので、わたしも陛下を慕わしく思うことはありません」

間違っても恋敵などと思ってほしくなくて強く主張すると、リンツェットが目を瞬いた。

「……方便で番などとおっしゃることはないと思うのですが、キリル様は陛下に初めてお会いしたときに運命の番だとお感じにならなかったのですか？」

キリルははっきり首肯し、

「ええ、まったく。元々ダウラート王の悪い評判を聞いていましたし、兄の喉をひと突きにしたと聞いた直後だったので、ひと目で噂どおりの悪鬼だと思っただけで、心惹かれるサインなど一切ありませんでした。この男が、戦場で王が通ったあとには屍の山ができ、むずかる子供に『泣くとダウラート王が来るぞ』と脅かせばぴたりと泣き止むほど怖れられている悪魔の化身かと納得しただけです」

と言い切ると、リンツェットは美しい眉を寄せて首を振った。

「キリル様、お待ちを。その悪魔の化身と悪名高いダウラート王は、廃位された先王のことです。先王は病的な領土拡大欲と嗜虐癖の持ち主で、捕虜や気に入らない臣下や民を残虐なやり方で虫けらのように殺める恐怖政治を行っていたのです。陛下はむしろ救世主で、無駄な殺戮など一切なさらないし、先王が奪いとり、搾り取るだけだった領土を民の目線で統治されて善政をとられています。お身内として兄上様の件でしこりがあるのは致し方ないかとは思いますが、間違って伝わった評判の色眼鏡で陛下をご覧になるのは少々お可哀想かと」

「……」

リンツェットから初めて聞いた真相に驚いて、キリルは口を噤んで考え込む。

……そうだったのか……。知らなかった……。

初めて会ったとき、黒一色の長軀と眼光から、てっきり噂どおりの悪魔の化身と思い込んでしまったし、自分にはずっと最低な態度だったからつい確信を深めてしまった。

でもそういえば、すっかり記憶から薄れていたけれど、思い返せば民やほかの人へは確かにまともな配慮をしていたから、リンツェット様の言うことはあながち惚れた欲目の嘘ではないのかもしれない。

だからと言って、わたしに対するひどい仕打ちが帳消しになるわけじゃないけれど、と口を引き結んでいると、リンツェットが覚えの悪い子供を見守る母のような微笑を浮かべた。

「キリル様、どうもおふたりの間には会話がまるで足りていないようですから、ここはキリル様のほうからもっと話しかけてみたらいかがでしょう」

なんでわたしから、とキリルは口を尖らせる。

「……別に話すことなどありませんし、なにを話せばいいのか……わたしからなにか言っても『ああ』か『いや』で終わるに決まってますし」

リンツェットは困った子だと言いたげに眉尻を下げて苦笑すると、

「では、今夜にでもこちらのゲームに陛下をお誘いして、ご一緒に楽しまれてみては。これは口をきかずにできる遊びではないですし、ゲームなら口数の少ない陛下の舌も回るかもしれませんから、お話をするきっかけになるかと」

と穏やかに提案してくる。

どうしてリンツェットが自分たちの関係をよくしようと心を砕(くだ)いてくれるのか不思議だったが、きっとよくできた人だから、妬心(としん)などで心を波立てずに愛人の鑑(かがみ)みたいな振る舞いができるのだろう、とキリルはひそかに感心する。

ロランとゲームなんかしても楽しくないだろうし、誘ってもやってくれるとも思えないが、すぐ寝所へ連れ込まれるよりゲームで時間をすこしでも潰せたら身体が楽になるかも、と目論(もくろ)んで、キリルはその晩早速(さっそく)作戦を実行してみたのだった。

＊＊＊＊＊

「……あの、ロラン様、今日リンツェット様に面白いボードゲームをいただいたのです。それで、もしよかったら、いまからご一緒にやりませんか……？」

夕食後、リオドルスと侍女（じじょ）が下膳（げぜん）のために部屋を辞すのを見計らい、キリルは思い切ってロランに声をかけた。

ロランと打ち解けたいわけではないが、リンツェットの指摘どおり寝所（しんじょ）以外でろくに話したことがなく、人を見る目がありそうなリンツェットもあんなに信頼を寄せており、民衆にも人気があるようだから、本当にそんなに悪いばかりの男じゃないのかもしれないし、すこしは人となりを知る努力をすべきかも、とキリルなりに多大な譲歩をしたつもりで相手の返事を待つ。

そんな子供じみたことは断る、と即答されるかと思ったら、ロランは素っ気ない表情でキリルを見やり、「構わんが」とぼそりと言った。

意外な返事に内心驚きつつ、キリルは相手の気が変わらないうちにと急いで立ち上がって「では、こちらに」と窓辺の長椅子をロランに勧め、ゲーム盤を乗せたテーブルを挟んで向かいに掛ける。

「ええと、これは陣取りゲームで、それぞれカードを五枚引いて、武器や兵士を集め、手持ちの戦力で対戦相手の城を先に落とした方が勝ちというルールです。駒がすごく凝（こ）っていて、とても小さいのに細部まで本物みたいによくできているんですよ。こんなゲームはコルトーでは見たことがなくて……わたしが知らなかっただけでコルトーにもあったかもしれませんが、ダウラートの職人の腕に感心しました」

カードを切りながら言うと、ロランは「そうか」とごくわずかに口角を上げた。

ルール通りに一戦し、たいして口はきかなかったけれど、ゲームが面白いから気詰まりではなかった、と思っていると、ロランが駒の入った箱をおもむろに手に取り、盤上にどんどん並べだした。

まだ二戦目のカードも引いていないのになにをしているのかと思いながら見ていると、とんでもなく兵力が不均衡な配置で駒を置いたロランが目を上げた。

「キリル、本来の遊び方とは違うが、この布陣でおまえが司令官なら、どうやって自軍を勝たせるか戦術を考えてみろ。おまえの手勢は一万、対してこちらは歩兵七万に騎兵三万、大砲三百で城壁を囲んでいる。城には一ヵ月籠城できる食料と武器の備蓄があるとしたら、おまえならどうする」

「……これは」

初めて会った日のコルトーとダウラートの兵力を盤上に再現され、わざわざ並べて見せて、大軍に尻尾を巻いて戦わずに降伏した国の王子だと蔑む気なのかとカッと腸が煮えくり返る。

兵法なんて習っていないし、国家間は戦ではなく外交で歩み寄るべきだというゼルガーの教えも消し飛び、キリルはロランの兵をどれだけ大量に抹殺できるか必死に盤上を睨んで知恵を絞る。

「……まず、城門を固く閉じ、外からこじ開けられないように大量の石で塞ぎます。それから、大砲で城壁に穴を開けられてもすぐ塞げるように石や土嚢を準備し、深夜、敵が寝静まったら天幕めがけて城壁の上から石弓で火矢を大量に放ち、野営地を火の海にして敵兵たちはもちろん、食糧庫や武器庫の天幕を燃やして損害を与えます。また城内からひそかにスパイを送りだし、炊事係に紛れさせて、兵の食事用の大鍋や飲み水の樽や馬の飼葉に毒を混ぜたり、黒死病や疱瘡で死んだ者が着ていた服を感染源にして蔓延させます。あと瓶に油と布を入れた火器や毒矢を大量に作って上から降らせたり、地下に坑道を掘り、野営地の下で爆薬を爆発させたりして、白兵戦になる前になんとか数を減らし、一方的な殺戮にならずに互角に戦えるようゲリラ戦を続けます」

盤上の十倍の敵をどんぶり勘定でざくざく半分以上手で払いのけると、ロランは頬杖をついて片頬に小さく笑みを浮かべた。

「なかなか過激な策を立てるのだな。もし本当におまえが司令官として陣頭指揮に立っていたら、負けは変わらないとしても、大負けはしなかったかもしれないぞ」

「……え」

相手の言葉からは、「どうせ負けは負け」とか「隠れ家育ちの机上の空論」と侮っているような響きは感じられず、キリルは相手の陣地から多めに駒をどかしていた手を止める。

ロランはまた盤上の駒の配置を変えながら言った。

「では、別の状況ならどう戦術を立てるか考えてみろ。このさき私が領地の視察などで都を離れている間に、万が一他国に攻めこまれるようなことがあれば、私が戻るまで、おまえが代わりに軍の最高司令官として指示を下して王都を守らなければならない。隠れ家育ちでなにもわからないかと思ったが、意外に軍才があるようだ。国政ももっと学べば私の片腕になってもらえるかもしれないと期待している」

「……」

愛想のない口調はいつものことだったが、キリルはうっすら頬を紅潮させる。

ロランの片腕になんかなりたくないし、盤上のゲームならともかく、本物の八十万の軍隊の総司令官などという恐ろしい立場に数日でも立たされたくないが、ロランが自分のことをその役目が果たせる器だと思っている様子にひそかに高揚する。

そのあともロランから、馬では越せないような険しい山に三方を囲まれた、ほぼ垂直の断崖の上に建つ堅牢な城を落とすには、などいろいろな場面での戦術を考えるよう求められ、キリルは真剣に策を練る。

実戦を知らないキリルの案を現実的な視点から訂正したり、認めてくれたり、ゲーム盤越しに議論を交わしながら、キリルは初めてロランとの会話が楽しいと感じた。

先日アラリックに乗馬を習っていた際、陛下は軍事の天才で、師団長の頃からほかの師団が壊滅的な打撃を受けても陛下の下にいれば絶対に生きて帰れると軍神のように崇められていたと心酔した様子で言われたときは、へえ、そんなの眉唾なのでは、とたいして感銘も受けずに聞き流していたが、本当かもしれないし、すごいことなのかもしれない、とやや見方を改める。

その晩、夜更けまで陣取りゲームで兵法の教えを受けているうち、キリルはいつのまにか駒を握ったまま長椅子で眠ってしまった。

深い眠りに引き込まれる間際、抱き上げられてゆらゆらと運ばれるのがわかり、寝台についたら起こされて抱かれるかも、と半分眠りながらおののいたが、もう眠くて目を開けていられなかった。

寝台に下ろされると、脱がされたりせずに上掛けをかけられたのがわかった。

今日は抱かれないみたいだと安堵して、すうっと遠慮なく意識を手放したとき、額に優しく唇が触れたような気がした。

翌朝安眠して目を覚ましたあと、ほんのり残る隣のぬくもりに触れながら、なにもされずに添い寝だけだった日ははじめてだけれど、たぶんロランがあんな優しいキスをするわけがないから、きっとコルトーの両親の夢でも見たのかもしれない、とキリルは思った。

＊＊＊＊＊

「キリル様、お茶をどうぞ」

「ありがとう、リオ。……なんだかおまえとふたりだけでこんな風にのんびりしていると、まだ結婚もしていなくて、ブラーナが城に用事で出かけたのを森の家でおしゃべりしながら待っているような気分になる」

キリルはなんの予定もない午後、自室で長椅子にまったり寝そべりながら、リオドルスの淹れたハーブティーを飲んで満足の吐息を零す。

ダウラートに嫁いできて季節がひとつ移ろい、ここでの暮らしにもだいぶ慣れてきた。

ただすこし緊張しなくなったというだけで、以前のように心からのびのび暮らしているわけではないので、いまロランが地方の視察のために五日ほどの予定で留守にしている間、キリルは初めての休暇気分でだらけきった生活を満喫していた。

リオドルスが微笑して、

「……ですが、近頃は以前ほど陛下のことが苦手ではなくなったのではありませんか？　兵法のお話をなさるようになってから、お食事中にも、今日あったことなど普通の会話も増えましたし、王立図書館までご一緒に散歩されたり、お忍びで城下にでかけられたり、すこしずつ馴染んでこられたのでは。……夜も、控えの間まで苦しそうな悲鳴が聞こえることが減りましたし、キリル様のためによかったと思っております」

と静かな口調で閨のことまで言及され、キリルはさっと顔を赤らめる。

「……いや、別に、まだ苦手だよ。いまだっていなくてせいせいしているし」

照れくささを誤魔化すために素っ気なく答えつつ、本当は陣取りゲームをした日から、ロランの態度が若干変わり、前より怖いと思うことがなくなったのは事実だった。

愛想のない表情や口調は変わらないが、リオドルスの言うとおり前より普通に話しかけてくれるようになったし、すこしは気を遣ってくれるようになった。

天井に名画が描かれた美しい王立図書館に案内してくれ、好きなだけ本を読ませてくれたり、たまにキリルが見たこともないものばかりが売られている市井の猥雑な市場に連れていってくれたり、息抜きをさせてくれるようになったし、閨での振る舞いもかなり変わった。

いままでは無理矢理手籠めにされているような辛い務めとしか思えなかったが、あれから事に及ぶ前に「今宵はいいか？」と意向を聞いてもらえるようになり、体調によって正直に断っても怒らずに尊重してもらえ、了承すれば、以前のように自分本位に好き放題されて悲しくなるような抱き方はされなくなった。

どういう風の吹き回しかわからないが、やっとまともな伴侶として接してくれる気になったらしく、いままでずっとひどい扱いを受けていたせいで、すこし丁寧に触れられただけでものすごく優しくされたような気になってしまう。

視察に出向く前夜の房事をうっかり思い返して顔を赤面していると、リオドルスが物言いたげな瞳でこちらを見ているのに気づいた。

もしかして、兄の仇に上辺だけでなく本当に心を開いてしまったのかと呆れているのかもしれない、とキリルは焦って弁解する。

「リオ、わたしは陛下が兄上を殺めたことを許していないし、忘れたわけではないからな。ただ、陛下は幼い頃からわたしには想像もつかないような大変な思いをしてこられたと伺って、もし兄上のことがなければ、人として尊敬してもいい方なのかもしれないと、すこしだけ思いはじめているけれど……」

本人が苦労話を長々語ったわけではないが、いろいろ話をする中で言葉の断片から知ったことや、リンツェットやアラリックから聞いた話を継ぎあわせると、ロランは元々奴隷だったわけではなく、実はダウラートの先々王が若い侍女に産ませた落とし胤で、幼少時に王の正妃の差し金で出航直前の奴隷貿易船の中に捨てられ、遠い砂漠の国の傭兵隊長に召使いとして売られたのだという。

そこで主人に虐げられながら剣術や武術を身につけ、戦術など軍事的なことも学び、自力で貯めた金で自由民の身分を買って軍属についたら、ロランの腹違いの兄が王位を継いだダウラートに国が侵攻され、一兵卒としてダウラートの軍隊に入れられ、王命で数多の戦に駆り出され、生き延びるために軍才を発揮して頭角(とうかく)を現し、若くして近衛(このえ)隊の師団長になると、残虐な王を排斥(はいせき)するクーデターの計画に巻き込まれ、仲間からの信望が厚かったことと、子供の頃奴隷の身に堕(お)とされたときに隠した王家の紋章入りの首飾りを持っていたことでクーデター成功後、推(お)されてロランが王位についたということだった。

　生まれながらの奴隷から王座についた逆賊かと思っていたが、母が側女(そばめ)でもロランには正式に王位を継ぐ権利があり、以前は傲岸不遜(ごうがんふそん)に感じた奴隷らしからぬ威厳も血筋のなせるわざだといまはわかった。

　自分も五歳で森に隔離(かくり)されて王子らしい生活はしてこなかったが、ロランも五歳の頃宮廷から追い出され、有為転変(ういてんぺん)の激動の人生を送ってきたと知り、まったく違う生き方なのに、どこか似ているような気もした。

　ロランに言ったら箱入りと一緒にするなと怒られてしまいそうだから言わないが、相手がそれまでどんな目に遭いながら生き抜いてきたのか想像したら、容易(たやす)く笑顔を見せられるような境遇じゃなかったのだろうし、大事に守られて生きてきた自分を『箱入り』と言いたくなるのも当然かもしれないと思った。

　あれこれロランのことばかり考えていたら、不意にどくんどくんと鼓動が大きく脈打ちはじめ、身体の奥が熱くなる。

「……あ」

ロランが欲しいと身体中が一斉に疼きだし、喉が渇いて息が上がり、服の下でひそかに乳首が尖り、足の間に血が集まって、奥の蕾もひくついて蜜壺が潤みだすのがわかる。

どうしよう、ロランがいないのに発情期が来てしまった、とキリルは焦って乾いた唇を湿らせ、自分を落ち着かせようとする。

とにかく薬を飲まなきゃ、と取りに行こうとして長椅子から立ち上がった途端、膝に力が入らず床に倒れてしまう。

「キリル様っ……！」

すぐに駆け寄って抱き起こしてくれたリオドルスに、

「……済まない、リオ、発情期が来てしまったから、薬を取ってきてくれないか……」

と身体中の熱い疼きを押し隠しながら告げる。

ベータのリオドルスには誘惑香は感じられないはずだが、はぁはぁ息も荒く欲情している姿を見られたくなかったし、リオドルスに触れられているだけで身体が細かく震えてしまい、薬を取りに行ってもらってすこし離れてほしかった。

リオドルスは「わかりました」とキリルをもう一度長椅子に座らせてから、いつも薬をしまっている引き出しに取りに行った。

が、引き出しを奥まで探し、ほかの引き出しも確かめてから、リオドルスが困惑顔でキリルを振り返った。

「……キリル様、お薬が見当たりません」

「えっ……？」

いままでの発情期はロランがいたから薬を飲む必要もなく、しばらくそこを開けてみなかったので紛失していることに気づかなかった。

どうしてだろう、とうろたえながら、キリルは片手で口許を押さえて発情に乱れる息や上気する頬を隠し、

「……ええと、じゃあ、確かリオもブラーナに予備の薬を持たされていただろう？　あれをくれないか」

と思い出して頼むと、リオドルスは恐縮したように謝った。

「……申し訳ありません。実はあれは、以前キリル様のお使いになられた湯桶を片付けていたときに、誤ってお湯の中に袋ごと落としてしまい、処分いたしました……」

「え……そうなのか……。いや、それは仕方ないから気にするな」

内心縛られて吊るされている頭上の命綱がどんどんほつれて細くなっていくような心許なさを覚えながら、キリルは必死に別案を探す。

「……そうだ、ではリンツェット様のところにすこし分けていただけないか、聞いてきてくれ」

名案を思い付いたのに、リオドルスはすぐには動いてくれず、ためらうような間をあけてから、思い詰めた表情で長椅子に掛けるキリルの足元に跪いた。

言葉を発するまでにさらにしばし溜め、意を決したようにリオドルスは口を開いた。

「……キリル様、今回はお薬で鎮めるのではなく、あの夏の日のように、どうか私にキリル様のお身体をお慰めさせてはいただけませんか……？」

「えっ……」

なにを言い出すのかと目を見開くキリルの右手を自分の頬に押し当てながらリオドルスは真剣な瞳で見上げてくる。

「キリル様、もうこんな機会は二度と訪れないでしょうから、命がけでお頼みいたします。キリル様のことを、幼い頃からずっとお慕いいたしておりました。でも、キリル様は一国の王子で雲の上の御方。想いが叶うことは決してないと胸の奥にひた隠し、乳兄弟として、従僕としてお仕えできるだけでいいと思ってきました。陛下とご結婚されて、完全に手の届かない御方になってしまわれたと耳でも目でもこれでもかと思い知らされても、ただおそばにいられるだけで幸せだと己に言い聞かせて秘めてきました」

「……リ、リオ……」

ずっと大事な親友で忠実な従僕だと思っていた乳兄弟の胸のうちを初めて知り、キリルは驚きと動揺を隠せなかった。

まるで宝物のように相手の頬に添わされた右手をキリルが遠慮がちに引こうとすると、離すまいというように両手で押さえて頬ずりしながら、リオドルスがかき口説いてくる。

「キリル様、どうか今だけ、私のものになるお覚悟を決めてくださいませんか？　発情期で薬がなく、陛下もおいでにならないときに、そばに私しかいなかったから仕方なく、という理由で構いません。お願いです、もう二度とこんな大それたことは申しません。誰にも口外しなければ、陛下にお咎めを受けることもないはず。キリル様、どうか一度だけ、私に一生の思い出をお与えください……！」

「……っ」

頬ずりした右手に今度は熱烈に口づけられ、キリルはビクッと身を震わせる。

困惑して、どう答えたらいいのかわからなかった。

自分がリオドルスに抱く気持ちは友愛で、恋ではないと思う。でも、大切な親友に変わりはなく、なるべく傷つけたくなかった。

十三の夏に池のほとりでふたりだけの秘め事をしたように、ロランに知られなければリオドルスの願いを聞き入れてもいいだろうか、と一瞬心が揺らぐ。

ロランにもほかに愛人がいるし、兄の仇に操を立てる筋合いもない。

でも、どうしてかロランに知られなくてもそれはしたくない、とすぐに思い、キリルはリオドルスを見おろし、辛い気持ちで首を振った。

「……リオ、済まない。わたしもリオのことは大好きだ。でも、恋ではないし、リオが大事だから、リオの恋心を性欲の処理に利用するような真似はしたくない。……いつも思慮深く控え

『イン・ザ・エデン』

キヅナツキ／スカーレット・ベリ子／橋本あおい／佳門サエコ／カシオ／楔ケリ
麻々原絵里依（原作：J・L・ラングレー）
石原 理／林らいす／小鬼36℃／
七瀬／うしの／山田ノノノ／鳥間ル ほか
ショートコミック 氷室 雫／堀江蟹子
コラム すず屋
イラストリレーエッセイ「萌えモノ語り」：あずみつな

éri+ paper Collection：色野イト

シェリプラス Chéri+ 2020 5
極上の愛に酔う BLマガジン

.3.30〈Mon〉 ON SALE

【特別定価】定価：本体690円＋税

AN https://www.shinshokan.com/comic/

ディアプラス編集部Twitterアカウント @dear_plus_

ドラマティック＆♥な、ボーイズ・ラヴ・ノヴェル!!

COVER ILLUSTRATION：みずかねりょう

予価：本体750円＋税

3月19日（木）発売!!

♥カラーつき
菅野 彰
×麻々原絵里依
凸凹カップルのその後は……？
「色悪作家と校正者」シリーズ最新作!!

本誌初登場♥巻頭カラー
沙野風結子
×小山田あみ
謎のフリーライター×刑事、
飼うか飼われるかのパッション・ビート!!

第54回 小説ディアプラス・ペーパーコレクション
沙野風結子

砂原糖子×金ひかる
渡海奈穂×山田ノノノ
安西リカ×尾賀トモ
木原音瀬×カズアキ
BL小説大賞トップ作品
幸崎ぱれす×鷹丘モトナリ

スペシャル♥エッセイ 宮緒 葵
萌え映画♥エッセイ 大木えりか×山田睦月
コミック 麻生 海（原作：月村 奎） 松本 花 林らいす

ディアプラス文庫3月の新刊 文庫判／予価：本体680円＋税 3月10日頃発売

モノクローム・ロマンス文庫 3月の新刊 3月10日頃発売 文庫判／予価：本体900円＋税

人気M/Mファンタジー「叛獄の王子」外伝
C・S・パキャット イラスト／倉花千夏
叛獄の王子外伝 夏の離宮

単行本3月の新刊 3月下旬発売 四六判／予価：本体1300円＋税

ディアプラス・コミックス3月の新刊　大好評発売中

待緒イサミ
十二支色恋草子
蜜月の章③

akabeko
春うらら
好色男の宿

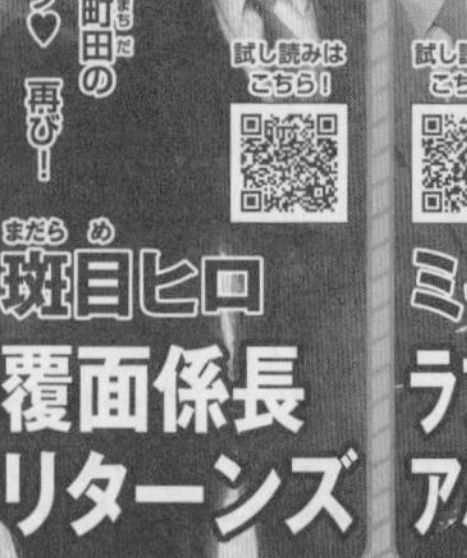

斑目ヒロ
覆面係長
リターンズ

ミキライカ
ラブオール・アパートメント

sosso
金曜日の
コイン
ランドリー
B6判／定価：本体690円＋税

「映画 ギヴン」2020年5月16日（土）公開!!

©キヅナツキ・新書館／ギヴン製作委員会

STAFF
原作：「ギヴン」キヅナツキ（新書館「シェリプラス」連載中）
監督：山口ひかる　脚本：綾奈ゆにこ　キャラクターデザイン：大沢美奈
音響監督：菊田浩巳　音楽：未知瑠　アニメーション制作：Lerche
配給：アニプレックス

CAST
佐藤真冬…矢野奨吾、上ノ山立夏…内田雄馬
中山春樹…中澤まさとも、梶 秋彦…江口拓也、村田雨月…浅沼晋太郎

公式HP
https://given-anime.com
公式ツイッター
@given_anime

全国共通特別鑑賞券　大好評発売中

前売券価格　1,300円（税込）
前売特典　キヅナツキ先生描き下ろし 選べるSNS風クリアカード（5種）
全種同時購入特典　SNS風クリアカード収納ファイル

☆特典の「選べるSNS風クリアカード」の絵柄は、映画のためにキヅナツキ先生が描き下ろした真冬・立夏・春樹・秋彦・雨月の5種類となります。絵柄を重ねると、ツーショットやグループショットにもなるクリアカードです！

※販売劇場は公式サイトにて公開中。※前売券1枚につき、5種類のいずれか1枚をお選びいただけます。※特典は数量限定です。

ディアプラス・コミックス4月の新刊　4月1日発売

左京亜也２冊同時発売!!
左京亜也が描く、極上アルファ×遅咲きオメガの恋♥

青丸夏々
モテ系王子の恋愛コマン

会川フゥ
藤森くん、神宮

めなおまえが、もう伴侶がいる身のわたしに、そんなことを言って困らせないでくれ……」

もう下がっていい、と目を伏せて告げ、火照(ほて)る身体を堪(こら)えて自分でリンツェットの部屋に行こうと立ち上がりかけたとき、リオドルスにがばりと長椅子に押し倒された。

「キリル様、私を大事だとおっしゃるなら、どうかお慈悲を……！　心まで欲しいとは申しません。一度だけ想いを遂げさせてくだされば、その思い出を胸に死ぬまで忠実な従僕としてお仕えいたします。私はキリル様の香りに惑わされたのではなく、お心に魅了されてお慕いしているのです。香りに当てられてキリル様のお身体だけをご所望(しょもう)された陛下とは違います……！」

いつも羽根でも扱うように自分に触れるリオドルスに、初めて折れそうな力で手首を掴まれて長椅子に押しつけられ、キリルは目を見開いて、血走った目で見おろす乳兄弟を見上げる。

吸い寄せられる様に首筋に口づけられ、発情した身体が快感を拾いそうになりつつも、必死に首を振って「リオ、やめろ！」とキリルが叫んだとき、

「私の伴侶の上から降りるんだ、リオドルス」

と冷厳(れいげん)な声が足音と共に近づいてきた。

「……っ！」

ふたりでギクッと息を飲み、まだ帰城(きじょう)まで日があるはずだったロランの声に凍りつく。

リオドルスが蒼白になって跳ね起きると、ロランが片手で喉を掴んで高く持ち上げてから薙(な)ぎ払った。

「リオ！」

床に吹っ飛ばされ、苦しげな真っ赤な顔で喉を押さえてげほげほ咳き込むリオドルスを案じて叫ぶと、ロランが背後に控えるアラリックに命じた。

「アラリック、この不届き者を地下牢へ連れていけ。二度とキリルに手出しできない身体にしてやる」

「……！」

冷ややかに断罪するロランに、「御意」と黒いリボンで結んだ長い髪を揺らしてアラリックが頷き、うっすら瞳に同情を浮かべてリオドルスに短剣を向けながら立ち上がらせる。

キリルはロランの足元に身を投げ出して取り縋った。

「陛下、お待ちを……！　そんな重い罪に問われるようなことは一切いたしておりません。幼馴染がじゃれていた程度のことです。どうかお考え直しを。お願いです、私にできることはなんでもいたしますから、何卒寛大なご処置を……！」

足元まで覆う大マントごと足に縋って懇願するキリルを真下に見おろし、ロランは低く言った。

「……そこまで乳兄弟が大事か。だが、私の物に手を出す者は誰であろうと許さん」

キリルは必死に首を振る。

「本当に手など出されておりません！　『私の物』などと物扱いされるのは嫌だったのに、陛

下に繰り返し告げられるうちに自分でもいつのまにか『陛下の物』だと思っていたようで、いくらリオが大事でも、陛下に隠れて不義を働くのは嫌でした。わたしは陛下を裏切ってはおりません。……お願いです、兄の次に、友の身まで傷つけられたら、わたしは陛下を一生お恨みし続けなければなりません。どうかわたしにそうさせないでください……！」

涙ぐみながら見上げると、ロランはしばらく無言でキリルを見つめ、アラリックに視線を移した。

「その者を独房に繋いでおけ。……キリルに免じて、宮刑ではなく鞭打ちに処することにする」

鞭打ちもやめてほしかったが、それ以上の減刑は慎重に頼まないとまた逆鱗に触れて刑が増えてしまっては元も子もない。

キリルはアラリックに連れていかれるリオドルスの背中を、うまい説得の策をすぐに思いつかずに葛藤しながら見送る。

ふたりが出ていくと、憮然とした顔のロランに床から抱き起こされた。

自分も同罪だと罰せられるかも、とひそかにおののきながら、

「……あの、申し遅れましたが、お帰り、なさいませ……」

と今頃言うのもおかしい出迎えの挨拶を小声でするると、いきなりひしっと強く胸に掻き抱かれた。

「えっ……」

行為の最中にもそんな風に抱きしめられたことがなかったから、突然の抱擁に驚き戸惑う。

でもきっと愛情からではなく、子供が自分の玩具を人に貸したくないとこだわるような所有欲なのだろうと思いながら抱かれていると、自分の身体からふわりと花の香りが立ちのぼるのがわかった。

そんな場合ではなく、なんとかロランにリオドルスの減刑を頼むのが先だと頭ではわかっているのに、不意打ちのロランの帰城からの一連の出来事で一時忘れていた身体の火照りがぶり返し、奥に挿れて欲しくてたまらない気持ちになってしまう。

「ロラン様……」と名を呼ぶ声が自分でも驚くほど甘えを含み、胸に頬をすり寄せて背中に手を回すと、ロランが香りに酩酊したような呻きを漏らす。

「……まずおまえと話がしたいのに、こんなに強い香りを嗅がされては、落ち着いて話などできるわけがない」

キリルもいますぐしたいのは話よりただひとつのことだけで、ロランの抱擁から身じろいで逃れると、

「……ロラン様、どうかお話は、わたしの中に放ってからに……」

そう吐息で囁きながら震える指で相手の肩からマントを外す。

もう寝所に行く間も待ちきれず、キリルは恥じらいも捨ててその場で自ら服を脱ぎ、ロランに背を向ける。

長椅子の背もたれを掴んで腰を突きだし、

「……ロラン様、もう奥が濡れて、ロラン様を欲しがってうねっているわたしのこの中に、どうか早く……」

片手で尻たぶを開き、とろりと内側から潤む赤い粘膜が覗けるように後孔を押し開く。

さらに片膝を上げて長椅子の背に乗せ、前戯もいらないほど熟れた発情期の孔を晒して振り返ると、ロランはごくりと喉を鳴らし、手早く下衣の前だけを緩めた着衣のまま、性急にキリルの中に押し入ってきた。

「あぁあ……んっ！」

これが欲しかったと身体が悦んで太いものを楽に飲み込んで纏いつく。

望んだものを得られた満足感を、さらに上回る快楽をくれる抽挿が始まり、縋っている重い樫の長椅子がガタつくほど激しく奥を突かれながら、キリルも相手の動きに呼応して腰を揺り動かす。

「あっ、あ、すご…奥まで、届いて…きもちい、はぁっ、いぃ、ロラン、様ぁっ……！」

揺すられるたびに涙と涎を零しながら、貪欲に快感を求めて後ろ手にロランの腰の服地を掴み、もっと奥まで招こうと引き寄せる。

「……これほど欲しがられると……、いつも発情期でいてほしくなる……」

そう呻きながら、ずばんっと最奥まで打ち込まれ、「アアッ！」と背を撓らせる。

呼吸もままならないほど奥まで暴かれながら、ふとその呟きにリオドルスの最前の言葉を思い出す。

いつも発情期だったらいいなんて、やっぱりロランはただ香りに惑わされただけで、普段の自分はいらなくて、発情した淫らな孔しか欲しくないのかも、と思ったら、なぜか胸が痛くなる。

別に心まで望まれたいなんて思っていないはずなのに、どうして悲しくなるのか考えようとしても、大量の汁や蜜を中でかき混ぜるように律動され、そちらに意識が持っていかれる。

硬い性器でぬかるむ隘路を激しく行き来され、いまは自分だってこの逞しい剛直さえあればいい、とキリルは思考を放棄して本能のまま乱れ狂う。

「あぁもっと、太くて熱いので、奥…突いてっ……、乳首も…いっぱい、触ってくださ……っ」

言葉に出せば必ず願いは叶えられ、キリルの唇からとめどなくはしたない望みが零れ出る。

失神しそうな悦さに悶え泣きながら、でもやっぱり自分は悦くしてくれるなら誰でもいいわけじゃなく、ロランにこうされたいのだと朦朧とした意識で思う。

ほかの誰かのじゃなくロランのこれがいい、と後ろに手を回して結合部を出入りする相手の熱い怒張に触れる。

指の股に挟んで撫でるとロランのものが中でさらに膨らみ、背もたれに縋っていた上半身をぐっと起こされ、片脚だけ長椅子に残したまま立位で穿たれる。

「あん、あっ、すご、きもちい、奥も、ちくびも……あはぅうんっ……！」

髪の先から汗の粒を飛ばして振り乱し、突き上げのたびにぱちゅんぱちゅん腹に跳ね返る白分の性器に手を伸ばしたとき、乳首を揉みしだきながら腰を大きく回され、びゅるっと触れられずに達してしまう。

「はぁあ、ん……っ！」

中で締めつけた相手の性器からもどぷどぷと奥に熱い精を放たれ、キリルはロランの胸に頭を凭せかけ、やっぱりこんな充足感はきっとほかの誰とも得られないような気がする、とはぁはぁ肩を喘がせながら余韻に浸る。

ロランも荒い息で身を繋げたままキリルを背後から抱きしめ、うなじのあたりの香りを嗅いだ。

「……もうおさまったようだな」

わずかに残念そうな声で呟き、ロランはキリルの中からずるりと大きな性器を抜いた。

「あっ……ん」と身を震わせると、最前までの強烈な淫欲がすとんと落ち着いてしまい、キリルは最中にどれだけ自分が悦がり狂ったかを我に返って思い出し、カァッと悶絶する。

相手が出て行ったばかりの閉じ切らない孔からどろりと白いものを漏らしながら死にそうな羞恥と戦っていると、

「キリル、零さないように後ろを締めておけ」

とキリルを抱き上げてロランが言った。

また変な辱めを、と戸惑いつつ、床を汚すのも恥ずかしいので、なんとかそこに力を込める。

そのまま運ばれて寝台に下ろされると、隣にロランも並んで横たわり、片肘で身を支えながら上掛けをかけられた。

「しばらくじっとしていろ。いままでの発情期は身籠らなかったが、今宵はおまえのほうが思いのほか乗り気だったから、期待できるかもしれん」

真顔で言われ、キリルは再び羞恥で悶死しそうになる。

いままでの発情期はロランと陣取りゲームをする前で、お互いにろくに口もきかず心は遠いまま身体だけを繋げており、身籠りたくもなかったからなにも受胎の兆候がなくてもどうでもよかった。

いまも進んで身籠りたいわけではないが、もしなりゆきで授かることがあれば、そういう思し召しなのかもと受け入れる気にはなってきたかもしれない、と思いながら、キリルはロランを見上げる。

「……ロラン様は、赤子が欲しいのですか……？」

そういえば、こんな話をするのも初めてだな、と思いつつ問うと、

「そうだな。第一子はコルトーの舅殿に差し上げなくてはならないが、オメガは多産系のはずだから、キリルの身体に負担にならない程度に二、三人産んでもらえたらと思っている」

と上掛けの上から腹のあたりに手を乗せて撫でながら言われる。

そんな希望があったとは知らなかった。

隠れ家で飼っていた山羊のお産しか見たことがないけれど、山羊だって大変そうだったから、人間ならもっと大変に決まっているし、オメガだからって魔法のようにぽんと産めるわけじゃないんだから、そんなに欲しいなら自分で産んだらいい、と言いたくなったが、腹を撫でる手つきが優しいのと、以前コルトーの父に第一子を渡すと告げたときの声は無感情に聞こえたが、いまは本当は手離したくないと思っていそうな響きに聞こえたから、キリルは反論を飲み込む。

相手は五歳で奴隷に堕とされてから、ずっとひとりで生きてきて、やっと王城に戻ってきたときには生き別れた母の姿はなく、おそらく先々王の正妃に消された公算が大きいとアラリックから聞いた。

ロランはきっと家族のぬくもりに飢えていて、たくさん子供がほしいから、そのために人質を何人も侍らせているのかもしれない。いまのところ誰も産んでいないようだけれど。

一応書類上の正式な伴侶の自分にも産んでほしいのだろうが、お産なんて怖いし、衆人環視の中で産まされるのもすごく嫌だから本当は気が重い。

でも、もし義務で絶対産まなければいけない第一子のあとに、二子や三子を授かったら、ロランのためというより、自分のためにあたたかくて楽しい家庭にしたいかもしれない、とキリルは思う。

自分は両親や兄やブラーナたちに愛されて育ったから、そういう家庭をロランにも教えてあげてもいい、などと考えていたとき、ロランがまだ腹に手を乗せたまま、言おうかどうするか迷うような間をあけてから言った。

「……実は、いままでの発情期にあんなに何度も抱いてもおまえが身籠らないから、ひょっとしてひそかに抑制剤を飲んで私の子を孕まないようにしているのかと勘ぐっていた。それで、次はそうさせまいとおまえが寝ている間に引き出しから薬を取り上げておいたのだが、失念して視察に出てしまった。幸い予定より早く戻れたのだが、リオドルスに襲われているおまえを見て肝を冷やした」

予想外の打ち明け話に、

「……え……、薬を隠したのはロラン様だったのですか……⁉」

とキリルは唖然として激しく目を瞬く。

なんてことをしてくれたのだと、キリルはがばりと跳ね起き、ロランを視線と言葉で糾弾した。

「ロラン様、わたしはわざと身籠らないように細工などしておりません！ そうお疑いだったのなら、なぜ直接聞いてくださらなかったのです。それを、勝手に薬を取り上げたりして、今日ロラン様の不在の間に発情期が来てしまって、薬がなくてすごく困ったのです。もしすぐに飲めたら、リオドルスもあんな振る舞いに出ることはなかっただろうし、今回の騒動の発端はロラン様ではありませんか！　罰を受けるべきはロラン様のほうですし、リオドルスを鞭打ち刑にするのは取り消してください！」

「……」

いくら怒らせてはならない相手でも、これはこちらが怒っていいことだ、となんの忖度もせずに主張すると、ロランはやや詰まり、渋々の口調で言った。

「……わかった。こちらにも落ち度があることは認める。ただ、あの者はもうおまえの従僕からは外す。今後はアラリックの従僕にするが、それについてはおまえがどんなに文句を言おうと譲らないぞ」

「……わかりました」

十六年片時も離れたことのない友と引き離すと言われて内心承服しかねたが、リオドルスが鞭打たれたり、ましてや去勢されたりせず五体満足でいるためなら、すこし距離を置くくらい我慢すべきかも、とキリルは自分に言い聞かせる。

ロランがキリルの腹から手をどけて今度は髪に触れてきた。

「……これまでおまえと揉めたとき、いつも険悪にこじれるばかりだったが、今日ははじめて話し合いで平和的に決着がついたな」

相手の素っ気ない口調に若干ほっとしたような気配が感じられ、わたしが大人げを見せて折れてあげただけですから、と言ってやろうかと思ったが、たしかにいままではお互いに一方的に言い分をぶつけあうか、言わずに飲み込むだけで、対等な話し合いにはならなかったから、それに比べたら両者の歩み寄りがあったかもしれない、とキリルも思う。

もしかしたら、こういうのをまともな夫婦喧嘩というのかも、いや夫婦じゃないから伴侶喧嘩かな、などと心の中で思っていたとき、ロランがキリルの髪に添えた手を止めて静かに言った。

「……キリル、ずっと言おうと思っていて、機を逸していたことがあるのだが……、おまえの兄を手にかけたことを、済まなく思っている」

「……え」

その件について相手からはじめて謝罪され、キリルは驚いて目を見開く。

ロランも命を守るためにそうするしかなかったのだろうし、謝ってもらっても兄が生き返るわけでもなく、兄にも遺漏がなかったとは言えないから、いままで謝罪の言葉をロランに望むことはできなかった。

でもこちらにとってはかけがえのない兄だったのだから、暗殺者には当然の報いだと何事もなかったかのように捨て置かれるのは無念でならず、せめてひとこと悪かったと言ってもらえたら、起きたことはどうにもならなくても諦めて心の整理をつけられるのに、と何度も思った。

ただ、こちらから詫びてほしいと頼んで、本心では悪いと思っていないのに口先だけ詫びられても心は慰められないし、自発的に謝罪してもらえることは期待できないだろうから、もう泣き寝入りするしかないと思っていた。

けれど、ロランはもう一度口を開き、

「もしコンノート皇太子がおまえの兄だと知っていたら、あの日同じ目に遭ったとしても、とどめを刺すことはなかっただろう。もう取り返しはつかないが、おまえから大事な兄を奪って悲しませたことを悔やんでいる」

と平板(へいばん)な、だが真摯(しんし)な口調で言った。

表情は乏(とぼ)しかったが、声や瞳に真意が映っていたから、キリルはじわりと涙ぐむ。

相手からの突然の謝罪を受け、自分はずっとロランを許したかったんだと気づいた。

ロランのことをすこしずつ知っていくたび、兄の仇と憎み続けるのが難しくなった。

これでもう兄を殺めて悔いもしない憎い仇とロランを恨まなくてもいいんだ、とやっと大きな胸の痞(つか)えが取れ、キリルはポロリと安堵の涙を零す。

愛もなく嫁がされ、一生許せないと思った相手のことを、もしかしたら、これからは共に時を積み重ねていく伴侶だと心から思える日が来るかもしれない、とキリルははじめて思った。

＊＊＊＊＊

それからしばらく経ち、新しい従僕のクルスが身支度を手伝いながら、声変わり前の甲高い声で言った。

「そういえばキリル様、リンツェット様がご懐妊されたそうですよ」

「……え？」

キリルは驚いて、謁見用に頭に乗せようとしていた冠をあやうく床に取り落としそうになる。

……リンツェット様が身籠られた……？

相手はもちろんロランに決まっているけれど、どうしてそんなことに……、と思わず裏切られたような気持ちを抱いてしまい、キリルは動揺しながら首を振る。

いや、別にそういうことがあってもおかしくはない。リンツェット様はロランの寵愛を受けている愛人で、わたしが嫁いでくるずっと前からロランを慕っているし、ロランも夜はわたしのところに来るけれど、常に一緒にいるわけじゃないから、ほかの時間にリンツェット様と過ごしていたのかもしれない。

浮気しても気にしないからどんどんよそへ行けと以前言ったこともあるし、お互いにしか発情しなくなるうなじを噛む行為を拒んだのは自分だし、ほかの人は抱かないとロランが約束したわけでもないんだから、裏切り者とロランを責めるのは筋違いなことだ。

ロランは子供を欲しがっていたから、喜ばしいことだし、ロランの黒い目とリンツェット様の青か金の目のどれかが混じった瞳の子が産まれたら素敵かも、などと明るく考えようとしても、胸が鉛のように重くなる。

どうしてか公務に行くのを取りやめてひきこもりたい気分になったが、今日は遠方の属国からキリル宛てに結婚祝いの献上品が届く予定があり、使者に礼を言わなくてはならず、キリルはのろのろと仕度を終える。

懐妊の話を聞いたのに、リンツェットの部屋の前を素通りするのも感じが悪いような気がして、キリルは外廷に向かう前に胸のもやつきを押し隠してリンツェットを見舞った。

もうつわりがあるようで、やや青ざめた窶れた顔で寝椅子に横たわる姿もたおやかで美しく、この方にはとても敵わない、とキリルは胸のうちで敗北を認める。

別に張り合う気はないけれど、勝負にもならないのは初対面のときからわかっている。

わたしのほうが閨を共にする回数はリンツェット様より格段に多くても、たぶんロランの愛情の量や質が違うから、わたしは身籠らずにリンツェット様が先に身籠られたのだろう。

入口のそばで立ち尽くしているキリルに気づいてリンツェットがすぐ身を起こそうとするのを手で制し、キリルは近くまで歩み寄りながらなんとか微笑を作った。

「リンツェット様、どうぞそのままで。謁見があるのですぐ失礼いたしますから。……ええと、ご懐妊されたと伺いました。おめでとうございます。どうか大事にして、健(すこ)やかな子を産んでください」

すべて本心からの言葉なのに、口から言葉が出て行くたびに胸の中に淋しい木枯らしが吹いてキリルの心を冷やしていく。

リンツェットは恐縮顔で片腕で身を起こし、亜麻色の長い髪をさらりと揺らして頭を下げた。

「こんなお見苦しい姿でお目にかかる無礼をお許しください。人質の身で、このようなことになるなど本来許されないことだと思っておりましたのに、陛下にもキリル様にも祝っていただけて、本当に嬉しゅうございます。私は果報者です」

「……そんな、許されないなんてことはないに決まっているでしょう……」

大人げを装(よそお)ってそう口にしつつ、もうロランがこの報(しら)せを聞いてリンツェットに喜んだ顔を見せたのかと思うと、胸がぎゅっと締めつけられる。

なにか食べたいものなどありましたら、すぐ用意させますね、ともう一度なんとか笑顔を作って公務を理由に部屋を辞すと、キリルは滲(にじ)んだ涙をクルスに見られないように顔を背(そむ)けて急ぎ足で謁見の間に向かった。

先に玉座(ぎょくざ)に着いていたロランがキリルを見て立ち上がり、キリルの手を取って隣の玉座に座らせる。

使者が来るまでリンツェットの懐妊について話をするべきかと思ったが、「よかったですね」

などと口に出したら、やっと引っ込めた涙がまた出てきてしまいそうな気がして、キリルは表情を消して口を噤(つぐ)む。

「どうした、気分でも悪いのか」

隣からロランに問われ、「いいえ」とキリルは言葉すくなに答えて目を伏せる。

昨夜寝台の中で今日の献上品が見事な品らしいと言われて大喜びで見たがってしまったから、全然楽しみな顔もせずに憂鬱(ゆううつ)そうにしていたら不審がられてしまう。

……でも、どうしてわたしはリンツェット様のご懐妊を素直に喜べないんだろう……。

……別にロランのことを本気で好きなわけじゃないし、しょうがなく伴侶にさせられただけなんだから、誰と子供を作ったってどうぞご勝手にという話なのに……。

ロランは最近はすこしは優しくなったけれど、出会いからずっと最低で、ひどい仕打ちばかりされてきたし、兄を殺(あや)めた男なんだから、謝ってくれても好きになったりしてはいけない相手だし、好きになってなんかいないはずだ。

前よりすこし嫌いじゃなくなったというだけだし、どうせ離縁できないなら、いつまでもギスギスしているよりはすこしは気を許してもいいかと思っただけで、一番愛されたいとか、ほかの人を抱かないでほしいとか、自分がロランに家族を作ってあげたかったとか、そんなことはこれっぽっちも思っていなかったはずなのに、どうしてこんなに胸が苦しいんだろう……。

またじわりと涙が滲んできそうになったとき、シュミル公国の使者が到着したと告げられる。

頭にターバンを巻いた異国的な装束の使者と、四人の従者がキリルへの献上品である重量のありそうな台座の上に実物大の黄金の孔雀が羽根を広げる大きなオルゴールを運んでくる。

金の羽根にはひとつひとつ大きなエメラルドが嵌められ、瞳にはルビーが、身体にもサファイヤやトルコ石など数多の宝石が埋め込まれ、曲を鳴らすと羽根を閉じたり広げたりする細工が施されていると使者が言った。

「……すごい……！　こんなの初めて拝見しました……！」

リンツェットの件で沈んだ気持ちも一時どこかへ飛んでいくほどの豪華さと珍しさに目を真ん丸にするキリルにロランが満足そうに小さく口角を上げ、使者にオルゴールを鳴らしてみせるように告げた。

使者が自国の言葉で従者たちに伝え、取り外しのできる大きなねじを嵌めて巻いてから従者たちが後ろに下がる。

ただ大国の王の伴侶というだけでなんにもしてないのにこんな素晴らしいものをいただいていいのだろうか、と恐縮しつつ、どういう仕組みで動くのか知りたい、と知的探求心に駆られて目を輝かせて見ていると、異国の哀愁を帯びた調べと共に孔雀の羽根が扇子を閉じるようにゆっくりと畳まれていく。

すごい、やっぱり近くでよく見たい、ここからじゃちょっと遠いし、とキリルが身を乗り出して見ようとしたとき、突然音が止まり、孔雀も途中で動かなくなってしまった。

あれ？　と思いながら見ていると、どうやら機械の不調らしく、使者や従者たちがこちらに詫びながら慌ててねじを巻き直したり、油を差したりしている。

が、うんともすんとも言わず、使者が青い顔で不手際をもう一度詫び、すぐに修理させてほしいとロランに申し出た。

ロランが了承すると、従者たちは工具でオルゴールの台座の羽目板の一枚を外して中の部品を検めだす。

キリルは中身がどうなっているのかどうしても見たくなって、ロランに言った。

「あの、もうすこしそばに行って中を見てみたいのですが、構いませんか？」

ロランはキリルの瞳を見つめ、頷いた。

「おまえに元気が戻ってきたようだから構わんが、もし壊れて部品が飛んできたりしても怪我をしないようにあまり近づいては駄目だぞ」

若干過保護だと思いつつ、さっきの落ち込んだ自分の様子を気にかけてくれていたような言葉にキリルはふるりと胸を震わせる。

いままで自分にだけなにも配慮してくれないと不満に思ったこともあったが、ただ自分が気づこうとしなかっただけで、前からロランはこんな風に気遣ってくれていたような気もする。

それに気づいたら、『嫌いじゃない』より、もっと強く好きになってしまいそうだった。

でも、ロランが気遣ったり優しくするのは自分だけじゃないし、よそで子供を作ったりする

男なんか好きになったりしたくない、とキリルは唇を噛んで急いで立ち上がる。

献上品の故障という予期せぬ出来事にバタバタしている従者たち自体が面白い笑劇のようだったし、いまは悲しい気持ちになりたくない、とキリルが大広間の中央に置かれたオルゴールに近づいたとき、従者のひとりが妙な動きをしたのに気づいた。

羽目板の中のオルゴール本体の歯の噛み合わせを慌ただしく検分しているほかの従者の陰に隠れ、その男は内部に隠した石弓を取り出し、玉座のロランに向けた。

キリルは目を瞠り、

「賊です！」

と叫んで咄嗟に矢の進路に駆けだす。

武器がなにもなく、できることは賊が的を絞る前にロランを視界から隠すことだけで、片手で素早くマントを広げたとき、高く掲げた右肩に熱い衝撃が走った。

「ウアッ……！」

矢に肉を抉られて後ろに倒れながら玉座を振り仰いで目を凝らす。

「キリルッ！」

驚愕と焦燥を浮かべたロランが壇上から駆け下りてくるのが見え、背後で衛兵が賊を捕える気配も感じ、よかった、ロランが無事だった、と思った瞬間、キリルは激痛と安堵に気を失った。

＊＊＊＊＊

「……ん……、痛っ……」

意識が戻ったとき、最初に目に映ったのは自分の寝台の天蓋(てんがい)だった。

軽く身じろいだら、包帯の巻かれた右肩がズキッと痛んでキリルが呻(うめ)くと、

「キリル！」

とすぐそばでロランに名を呼ばれた。

そちらに目を向けると、枕元でキリルの左手を両手で握りしめて祈るように額(ひたい)に押し当てていた、すこし憔悴(しょうすい)したようなロランと目が合った。

「キリル、大丈夫か」

珍しくわかりやすい心配げな表情と声で訊ねられ、キリルは小さく微笑して頷く。

「……はい、大丈夫です、すこし痛いですが……。ロラン様、あの賊は一体……？」

事情が気になって問うと、

「……まだ全員の取り調べは済んでいないが、実行犯の男は、先王の代に家族をダウラート軍に殺されて恨みに思っていたオルゴール職人で、今回の献上品の制作依頼を受けて、暗殺計画を思いついたらしい。謁見の間に持ち込む前にこちらでもオルゴールを調べたはずなのだが、羽目板までは外して確かめなかったらしく、おまえに怪我を負わせることになってしまった。痛い思いをさせて、本当に済まなかった」

と憂慮の滲む声でロランに詫びられる。

キリルは小さく首を振り、先王の悪政のツケを払わされて命を狙われたロランに同情しつつ、見事な金細工の献上品から、突然恐ろしい武器が出て来たときの衝撃を思い出して今頃身震いする。

でも、ロランの身が無事で本当によかった、とキリルは改めて深く安堵する。

どうしてか自分のほうが傷を負ったかのように辛そうな瞳で自分を見るロランを安心させようと、

「……ロラン様、わたしは箱入りなのであんな場面に遭遇するのは初めてでしたが、箱入りにしてはなかなかいい仕事をしたでしょう……？」

とわざと軽口を叩いて、相手がたまに見せる口角を小さく上げる笑みを見たいと思ったのに、ロランは歯痛を堪えるような表情でキリルの手を強く握った。

「……キリル、ありがたかったが、もう私を庇ったりするな。もしまたあんなことがあったら、まず自分の身を守ることを考えろ。……もうおまえが射られて倒れたときのような胸の潰れる思いを二度としたくない」

相手の声がすこし湿っているように聞こえ、そんなに心配してくれたのかと胸が震える。

でも、もしまたロランが目の前で危険な目に遭ったら、きっと自分は同じことをするだろうと思った。

あのとき、賊がロランを狙ったのを見た瞬間、身体が勝手に動いていた。

以前は殺してやりたいとさえ思ったこともある相手なのに、いまは自分の身がどうなっても助けたいと思うほど、ロランが大事な存在になっていたとキリルはようやく気づく。

キリルは握られた手をきゅっと握り返し、ロランを見つめた。

「……ロラン様、それはお約束できないかもしれません。まず自分の身を守れと言われても、私はロラン様をお守りしたいのです。……ロラン様はわたしを男娼扱いしたり、ほかの方と子を作るようなひどい御方なのに、いつのまにか、わたしの一番大切な御方になっていたと、やっと気づきました……」

危機に瀕して無意識にとった行動から、自分の本当の気持ちがわかった。

たぶん前からロランに本気で惹かれていたのに、子供だったから気づかなかったし、こんなきっかけでもなければ認められなかった気がする。

相手の一番にはなれなくても、自分にとってはロランが一番慕わしい相手だから、ほかの人と子供を作っても、無事に生きているだけでいいと思うことにしよう、と悟りを開いたとき、

「……キリル、それはおまえの本心か？」

とロランがガタッと椅子を後ろに蹴倒す勢いで立ち上がりながら訊ねてくる。

いつも素っ気なく落ち着き払った相手のそんな様子を初めて見て驚きつつ、顔の両脇に手を置いて至近距離から真顔で見つめられ、キリルはドキドキと鼓動を逸らせながらこくんと頷く。

ロランはほぅっと大きく肩で息をついたあと、また初めて見る喜びを露わにした少年のような笑顔になった。

「……おまえにずっとそう言ってほしかった。初めて会ったときから、おまえに焦がれていたから」

え……？　と咄嗟になにを言われたのか理解できずにきょとんとしたキリルの唇をロランが塞ぐ。

「……んっ……」

焦がれていたとはどういう、とちゃんと確かめたいのに、文字通り言葉を奪われて、相手からされたキスの中で一番優しいキスに瞼が自然に閉じてしまう。

舌も入れずにただ優しく触れ合わせるだけのキスを交わし、ちゅっと音を立てて唇が離れると、キリルが口を開く前にロランが言った。

「……キリル、おまえの心まで得られて夢のようだが、『ほかの者と子を作るようなひどい男』とは、どういう意味だ」

まるで心当たりがなさそうな言い方に、キリルは最前までうっとり重ねていた唇を尖らせる。なにをしらじらしい、リンツェット様の前で懐妊の報せを喜んだくせに、とキリルは目を眇める。

「とぼけなくても結構です。わたしは寛大な伴侶を本気で目指すことにしたので、リンツェット様が黒と青の瞳の赤子をお産みになっても、すこしだけ妬くとは思いますが、ちゃんと可愛がって抱っこしたり遊ばせていただりするつもりです。……毎夜わたしと過ごしているのに、よくほかの方とも致せるものだなとアルファの性豪ぶりには感心しますけど」

まだ寛大になりきれずに嫌味を付け足すと、ロランは意味を測りかねるように眉を寄せてしばし黙ってから、

「……キリル、どうもおまえはリンツェットの腹の子の父親が私だと思い込んでいるようだが、リンツェットの恋人はアラリックだぞ。本人から聞いていないのか？」

まったく初耳のことを聞かされ、キリルは「ええっ⁉」と思わず跳ね起きる。

途端に右肩の傷に響いて枕に倒れ込みながら、

「……聞いておりません、そんなこと……！」

といま初めて知った新事実を急いで検証する。

そういえば、ロランがわたしの部屋に来るときはいつも副官のアラリックがついてくるから、務めが済んで退室したあと、すぐ近くのリンツェット様の部屋に寄ることは充分可能だし、わたしの乗馬の練習をアラリックに任せずにロランが自分でしたがっているという情報も、なぜリンツェット様がそんなことを知っているのかと思ったが、アラリックから聞いたのかもしれない。

それにリンツェット様は愛人にしてはロランとわたしの仲をなんのわだかまりもなさそうに取り持とうとしてくれていたけれど、それは本当の恋人がアラリックだったからなんだろうか。

長髪の美形同士で絵になるふたりだけれど、人質は全員ロランの側室か愛人のはずだから、まったくその組み合わせは考えていなかった。

後宮の複雑な人間関係がよくわからず、

「……あの、ロラン様、それは本当のことなのですか……？　人質の方々は皆ロラン様の御手付きのはずなのに、ほかに恋人を作ってもいいんですか？」

随分寛大なのでは、そういえばリンツェット様も「陛下はご寛大でお優しい」と言っていたが、自分の子を産ませるための後宮なのに、別の恋人の子を産ませていいんだろうか、と怪訝に思いながら問うと、ロランも怪訝な顔をする。

「人質が私の手付きだという説も誰に聞いた。人質は言葉どおりただの人質で、属国にした国の廷臣たちが王子や王女を祀り上げて国の再興を図らないように故国から離れた場所でまとめて預かっているだけだ」

「……えっ……、そ、そう、だったのですか……」

いままで思いこんでいたことがことごとく覆され、キリルは混乱する。

たしかに誰かに言われたわけでもないのに、どうしてそう思い込んでしまったんだろう。

ロランに聞けばよかったが、最初の頃は話をするのも嫌で、意固地に話しかけずに勝手にきっとそうに違いないと決めつけて、やっとまともに口をきくようになった頃にはもう事実みたいに思っていたから、確かめもせずにここまできてしまった。

じゃあ、本当にリンツェット様はロランの愛人じゃなく、ほかの人たちもただの人質で、ロランはわたしだけの伴侶なんだろうか……。

そう思ったら、トクンと胸の鼓動が甘く震える。

キリルは左手をそろそろと動かしてロランの頬に触れる。

「……あの、それが事実なら、ロラン様がリンツェット様のお腹のお子様の父親じゃなくて、本当によかったです……。リンツェット様が先に身籠られたのは、きっとロラン様がリンツェット様をよりお好みだからかと、悲しかったので……」

正直に告げると、ロランは切れ長の目を瞠り、

「なぜそんな風に誤解するのかわからん。リンツェットが好みに合うなどと一度も言ったことはないはずだが」

と困惑げに言う。

　キリルはまた口を尖らせ、

「……そうですけど、初対面で『稚児趣味はない』と言われましたし、初夜からさんざん男娼扱いされて、城に着いたら、リンツェット様が『お早いご帰還で嬉しゅうございます』とにこにこ出迎えるし、『あなたにキリルの友人になってほしい』とロラン様もわたしに対する仕打ちと大違いの丁寧な態度だったから、きっとご寵愛なんだろうなって……」

　と勘違いした理由を拗ねた口調で打ち明ける。

　ロランは困った顔で眉を寄せ、キリルの尖る唇を指で平らに戻しながら言った。

「……すこし弁解させてもらいたいのだが、まずリンツェットの件から誤解を解くと、リンツェットが帰還を喜んでいたのは、私が無事なら副官のアラリックも無事に戻ってくるからだ。リンツェットをおまえの友人にと薦めたのは、人柄もあるが、オメガ同士でおまえに手出しをしない安全な人選だと思っただけで、私とリンツェットに王と人質以外の関係はないし、あちらが年上だから『あなた』と言っているだけだ」

　理路整然と言ってから、ロランはぼそりと続けた。

「……それから、『稚児趣味はない』と言ったのは、本意ではなかった。本当は、コルトーの王宮の大広間に入ってきたおまえを初めて見たときから、『なんて美しくて可愛らしい子だ。こんな素敵な少年に会ったことはない』と私はすぐに運命の番だとわかったのに、おまえは兄の仇(かたき)と殺気立った目で睨むばかりで、もし『ひと目で恋焦がれてしまったから伴侶になってほしい』と正直に言っても即答で断りそうな顔つきをしていたから、ついこちらも意地になってしまった」

「……え⁉」

あまりにも信じがたい言葉を聞き、キリルは目を見開く。

初対面のときの醒(さ)めた視線や素っ気ない態度を思い返し、本物の運命の番だとひと目で思ったと言われてもにわかに信じられずに素直に喜ぶこともできない。

「……う、嘘でしょう……？　だって、そんな顔は全然……、それに心で『こんな素敵な少年』と思っていたとしても、口から『稚児趣味はない』と言われたらわかるわけないですし……、もし本当にひとめ惚れしたのなら、あんなひどい身体検分や、手籠(てご)めにして『娼館(しょうかん)のオメガも顔負けだ』なんて辱(はずかし)めるわけないのでは……！」

いろいろ思い出して、やっぱりおかしいと思いながら追及すると、ロランは気まずげに視線を逸(そ)らす。

「……だからそれは、私が好意を示したいのに、おまえが露骨(ろこつ)に私を嫌って拒否するから、可愛さ余って虐(いじ)めてしまっただけだ。本当はあんなことをしたかったわけではない。もっと大事に可愛がりたかったのに、おまえが可愛げのない態度でそうさせてくれなかっただけだ」

「……っ！」

また殺してやりたいという気持ちになるほどぬけぬけと人のせいにされ、呆れて開いた口が塞がらなくなる。

「……大事に可愛がりたい相手に、よくも『目の前で全部脱げ』とか『念のため尿道も肛門も検める』などと鬼畜の所業ができましたね。やっぱりひとめ惚れなんて信じられません」

あのときの屈辱を思い出してキッと恨めしく睨むと、ロランはややうろたえた顔で言い訳した。

「……あれは、本当にダウラート王家に他国から嫁いできた者が皆やらされる決まり事だ。……ただ、本来は自国から着てきた服を替えるだけだが、おまえの裸身があまりに美しかったから、つい抑えがきかずにそれ以上のこともしたが」

「……つい、ですか」

キリルは人を脱がせて内心興奮しながら完璧に無表情を演じた男に軽蔑の眼差しを向ける。

「……失礼ですが、ロラン様は少々人格や情緒に問題があるのでは。好意を持つ相手に嫌われることしかしないというのは、二十四にもなる一国の王がなさることとは思えません。……閨事をリオにわざわざ聞かせるのも悪趣味極まりないと思っていましたし」

いままでの積もり積もった憤懣をぶつけると、ロランはまた気まずそうにしつつ居直った。

「私の人格が破綻するのはおまえの前だけだ。おまえが可愛すぎるからそうなってしまうだけで、ほかではまともに振る舞っている。リオドルスに閨事を見せつけたのは、悪趣味だからではなく、牽制するために必要だったからだ。本当はおまえの嬌声や事後の爛れた姿は誰にも見せたり聞かせたりしたくはなかったが、リオドルスがおまえに忠誠心以上の恋心を秘めているのがすぐにわかったから、私の物だと知らしめて諦めさせたかった。それにおまえもやたら特別に心を許す相手だと強調するから、多少嫉妬した」

「……え」

キリルはまた驚いて目を瞠る。

自分の前でだけ人格が破綻すると堂々と断言されても困るが、数々の心ない仕打ちは悪意で辱めようとしていたのではなく、うまく想いが通じない反動によるもので、あんな傲岸な態度で実はリオにまで嫉妬していたと言われたら、許しがたいことをされたのに、つい大目にみてもいいかもという気になりかける。

でも簡単に許すのも気がおさまらず、キリルはもうすこし恨み言を続ける。

「……でも、閨以外でも、とても好意を持つ相手に対する態度ではありませんでしたよね。コルトーからの道中も荷物のように運ばれるだけで、話しかけてもくれず、食事のときも無表情に黙って召し上がるだけで、鉱山目当てに娶った伴侶と仕方なく一緒にいてやっているというような態度で、ずっと切なかったです」

ロランは痛いところを突かれた顔で詫びの言葉を口にした。

「……済まなかった。だがそれも本意ではない。初日にいろいろ話しかけたら、おまえがあからさまに『嫌いなのに話しかけるな』という態度だったから、その後は話しかけにくかっただけだ。旅の間は、おまえに番の愛咬を拒まれても、連夜愛しくて抱かずにはいられずに日々ぐったりさせてしまったから、本当は『昨夜は済まなかった、身体は大丈夫か』と労りたかったが、馬上に座るのも辛い目に遭わせておいて心配が聞いて呆れると余計疎まれそうで、ためらった。城に着いてからも、甘い物が好きそうだから、喜ぶかと私の分も勧めてもにべもなく断られたり、私の言う事をことごとく曲解している様子だったから、なにを言ってもさらに嫌われそうで、うまく話しかけられなかった」

「……え……ほ、本当に……？」

キリルは相手の更なる意外すぎる告白に目を見開く。

あんなにつれない態度を取りながら、向こうもこちらの態度に消沈して傷ついていたなんて、夢にも思わなかった。

本当はもっと話しかけたかったのに、こちらがろくな返事をしないから黙ってしまったなんて、そんな繊細なことを思っていたなら、もっと顔に出してほしいし、口にも出してほしかった。

そのくせ逆らったときの脅迫と嘲りの言葉は口から出過ぎなほど言われたし、肝心なことは言ってくれずに余計なことだけ多弁だから、こんなにこじれたんじゃないか、とキリルは溜息をついて、不器用すぎる伴侶を見やる。

「……前にリンツェット様にわたしたちは会話が足りなさすぎると言われたのですが、お互いにそれがすべての敗因でしたね。もしリンツェット様が陣取りゲームをくださらなかったら、わたしたちはいつまでもすれ違ったままだったかもしれませんから、リンツェット様に感謝しないと」

そう言うと、ロランは悪戯を見つけられた少年のような表情で視線を変な方向に彷徨わせた。

「……実はあれは、なんとかおまえと打ち解けるきっかけがほしくて、私が用意してリンツェットに勧めてくれるように頼んだものだ。うまくいってよかった」

「……え、そうだったのですか？」

キリルはまた予期せぬ真相にぽかんとする。

自分との関係をよくしようと、こちらの気を引くものを見繕ったり、ロランもいろいろ努力してくれていたのか、と思うとほだされてしまうが、胸のうちと態度があまりにも違いすぎてまったく気づかなかった。

こうして真相を打ち明けられたいまでもすんなり信じられないが、ロランが本物の番の相手で、初対面から本当はずっと惹かれていたと言われたら、やっぱり嬉しい。

ただ、もっと早くそれを知っていたら、長く傷つけ合わずに済んだのに、と残念に思いながら、キリルはロランを見上げる。

「……わたしたちはだいぶ時間を無駄にしてしまいましたね。もし初対面のときに、ロラン様がわたしの険悪な態度に臆さず、『おまえの兄のことは済まなかったが、不可抗力だった。いま初めておまえに会い、運命の番だとわかったから、兄のことはどうか折り合いをつけて伴侶になってくれ』と率直に言ってくだされば、わたしだって兄にも落ち度があったし、もしかしたらこの胸の反応は怒りじゃなく番のサインなのかもと落ち着いて考えられて、『わかりました』と言えたかもしれません」

あのときは兄を亡くした失意が大きすぎたから、いい返事ができたか自信はないが、もしかしたらそうなっていたかもと思いながら言うと、ロランはやや目を見開く。

「……おまえも私を番だと、認めてくれるのか……？」

いつも自分を屈服させてきたロランから、自らのほうが下の立場にいるような言い方をされ、わたしに愛を与えてほしいと乞うているみたいだ、といままでさんざん煮え湯を飲まされた自尊心が充たされる。

どれをとっても敵わないはずの、年上で長軀で大国の王でアルファの男を傅かせているという高揚感に浸りながら、キリルは焦らさずに頷いた。

「……はい。最初は怒りや反感で身体が熱くて鼓動が逸るのだと思い込んでいましたが、いま思うと、ロラン様が私の番の相手だったから、はじめて目が合った瞬間、発情期を迎えたのだと思います。気持ちがすれ違ったまま身体を重ねて、ひどいこともたくさんされたのに、もし他の相手と替えられると言われても、ロラン様でないと嫌だと思ってしまう自分が不思議でしたが、それも番だったからだといまはわかります。首筋を噛まれそうになって、あのときは兄に顔向けできない気がして拒んでしまいましたが、いまなら、噛んでいただきたいです。噛まれなくてもわたしはロラン様にしか身も心も捧げませんが、運命の番のあなたに、生涯の愛と貞節と忠誠を誓う証に……」

頬を染めながら告げると、ロランは心底嬉しそうな笑みを浮かべ、キリルの額に愛おしげに口づけた。

その大事そうに触れるキスには覚えがあり、はじめて一緒にゲームをした晩、夢うつつに額に受けたキスはやっぱりロランだったのかとキリルの胸がきゅんと震える。

ロランは今度は頬に口づけ、

「……キリル、早く怪我を治せ。すぐにもうなじに歯を立てたいが、やっと心も手に入れたおまえを大事に抱きたい」

またはじめて聞くような甘い声音で囁かれ、すこしも自分を愛おしんでくれない相手と一生を共に過ごすのかと嘆いた日もあったのに、本当はこんなにも想われていたと実感して、嬉しくて泣きたくなる。

今度は唇にキスを落とされ、キリルは唇を開いてロランの舌を招きいれる。

「……ン、ン……」

もうなにも誤解や行き違いのない完全に想いの通じ合った甘いキスを交わすうち、怪我が治るまで待ちきれないほどロランが欲しくなってしまう。

さらにキスを深めようと相手の首に両腕を回そうとして、右肩がズキッと痛み、やっぱりまだ大人しくしてなきゃダメみたいだ、とキリルはキスしたまま唇を尖らせる。

でも、次に抱かれるときはロランを心から好きだと自覚してのはじめての行為だから、もしかしたら今度こそ受胎（じゅたい）してしまうかもしれない、と思いながらキリルは甘い口づけに酔った。

＊＊＊＊

そしてようやくキリルの傷が薄桃色の肉芽（にくが）になってから初めて訪れた発情期、ロランはすべての公務を放棄し、他国が攻めてくるくらい緊急性の高い案件以外絶対に報告に来るなとアラリックに告げて人払いし、キリルの部屋にこもった。

王がそんなことでいいのだろうかと若干思ったが、キリルにとっても長いお預けが辛かったので、城じゅうの者に王と伴侶がいまなにをしているか知れ渡ってしまう羞恥（しゅうち）には目を瞑（つむ）ることにした。

「……んっ……ン……ふ…ぅん……」

傷に効くという温泉の水を遠い湯治場からわざわざ樽で運ばせて沸かした湯を大きな浴槽に張り、昼間からふたりで浸かりながら口づけを交わす。

相手にほかに愛人がいるとか、領土のための婚姻相手とか、自分を愛してない伴侶だとか、淫らな孔しか望まれていないなど、悲しい誤解や思いこみがすべて払拭された状態で抱き合うと、ただ裸の肌を触れ合わせるだけで、いやらしい愛撫をされたときより心が充たされて身体も興奮した。

「……キリル、……ここは、もう痛まないか……？」

繰り返されるキスの合間に右肩の傷痕に触れられ、その壊れ物に触れるような手つきにも昂ぶりながらキリルは頷く。

「はい、おかげさまですっかり。……ただ、お見苦しい傷痕が残り、ロラン様の興が醒めてしまわないか心配なのですが」

キリル自身は歴戦の傷痕が残るロランの男らしい身体に前からひそかに憧れていたので、すこしだけ近づけたような満足感があるが、相手は無傷の綺麗な身体のほうが好みだったかも、とすこし気になって問うと、ちゅっと優しく傷の上に口づけられる。

「私を庇ってくれたときにできた傷を厭うわけがない。これを見るたびにおまえに愛されていると誇らしく思える大事な勲章だ」

胸のうちと口から出すことを一致させるようになったロランの甘い言葉にまだ慣れず、キリルはかぁっと頬を熱くしながら、嬉しくてまた甘い花の香りを濃く漂わせる。

ロランはキスしながらキリルの肩の傷に湯を掬って何度もかけてくれ、その思いやりある仕草にときめいて、すでに硬く尖る乳首や性器がじんと疼く。

「……どこもかしこも食べごろの甘い果実のようだな……」

湯の中の乳首をツンと摘まれ、「あっ……」と震えながら、キリルはそのまま弄られたい願望をなんとか押しとどめてロランに言った。

「……あの、ロラン様、もしお嫌でなければ、今日はわたしから、ロラン様の……こちらに、手や口で触れても、構いませんか……?」

湯に入る前からただならぬことになっていたロランの屹立にちらっと目をやり、キリルは赤くなりながらおずおず願いを口にする。

怪我が治るまでの間、ロランはそれまで三日と開いたことがない房事をぴたりと控え、養生に専念できるよう配慮してくれた。

医師や薬師に毎日傷を診察させ、公務で戻ってこられないとき以外は利き腕が不便なキリルのために滋養のつくものを手ずから食べさせてくれたり、身体を拭いてくれたり、髪を洗ってくれたり、従僕のクルスから仕事を奪って甲斐甲斐しく世話をしてくれた。

恐縮して固辞すると、昔は召使いもしていたし、本当は前からこんな風に溺愛したかったと笑顔で言われ、変われば変わるものだと思いつつも嬉しくて、お返しに傷が治ったらどんなことでもしてあげたいと思った。

赤い顔で口淫や手淫をしていいか意向を問うと、ロランは数秒無表情に固まり、

「……いいのか……？　私が嫌なわけはないが、おまえが嫌なのでは……」

と珍しく声を上ずらせて問われる。

口淫は以前まだ心を開いていないときに無理矢理させられた一度しか経験がないし、これまではロランが望むように抱かれて喘がされるだけで、こちらから愛撫を返したことがほとんどなかった。

もしロランがされるがままの従順な伴侶が好みなら遠慮するが、今日はキリルからロランに触れてみたかった。

わたしは嫌ではないです、と小声で言うと、こくっとロランの喉仏が期待に上下するのを見て、キリルは照れた笑みを浮かべて湯の中の剛直にそっと指を伸ばす。

挨拶するように天辺をつついてから茎を握ると、片手の指が一周回らないほどの大きさにややおののくが、キリルの手を喜んでさらに漲る素直な性器が愛おしく、根元から先端まで指と掌で優しく撫でまわす。

「……は……、おまえの手ほどやわらかなものに触れられたことはない……」

ロランの心地よさそうな呟きに気をよくした一瞬後、自分以外の誰かの手を知っているのかと軽く妬心を覚える。

相手のほうが年上で、隠れ家育ちでもなく、奴隷でも王でも魅力的な男で、アルファなのだから当然だとは思う。

それに、もうこのさきは自分が生涯ただひとりの相手になるんだから、自分と出会う前にロランの孤独をひとときでも慰めてくれた誰かに寛大に感謝しよう、と大人げを持つことにする。

でもなんとか過去の相手の感触を忘れさせなくては、となめらかに撫でながら、

「……森の隠れ家で暮らしていた頃よりも、こちらに来てからのほうがよほど箱入り生活なので、ほぼ労働もせず、マメもない箱入りの手をお気に召されましたか？」

とつい「箱入り」にこだわって連呼すると、ロランはキリルの手淫をしみじみ味わうように伏せていた目を上げた。

「……『箱入り』は私の中では誉め言葉なのだが。一度奴隷に堕とされて底辺を見た私の目には、おまえのこの艶やかな金の髪も、澄んだ灰青の瞳も、透き通るような肌も、まばゆいきらめきそのものに見えるし、すこし勝気だが純で素直な性質も、穢れを知らず清らかに育ったからこそ得られたものだろう。こんなにも身も心もきらきらと輝くように美しく健やかに育ててくれた舅殿や乳母殿に感謝の気持ちしかない。おまえに『箱入り』と言ったときに憧れを込めこそすれ侮蔑を込めたことはない。……そう聞こえてもおかしくない言い方をしたのは私の

未熟なところだが」

「……」

臆面（おくめん）もなく誉めながら髪や頬に愛しげに触れられ、キリルは頬を染める。

長らく素っ気ないそぶりだった相手にこんなに絶賛されたことがなかったし、『箱入り』と言われるときの小馬鹿にした言い方を思い出すととても誉め言葉のつもりだったとは思えないが、本人も反省しているようだし、相手の視線が本当に自分のすべてを称賛するように見つめてくるから、キリルは今日から箱入りの定義をいいものに変えようかという気になる。

相手の眼差しが愛撫のように肌を滑り、キリルはふるりと身を震わせる。

「……あの、ロラン様……、お立ちいただいても構いませんか……？　すこし、手が疲れてきたので、……口でさせていただけたら、と……」

愛情を隠さず伝えてくれる相手に自分から舐（な）めてあげたくなったが、舐めたいとどう言えばいいのか迷って、手淫に疲れたフリを装（よそお）う。

湯の中で握ったものを見おろしながら舌先で唇を湿らせると、ロランがざばりと湯を波打たせて立ち上がった。

勢いよすぎて顔にかぶった湯を苦笑しながら両手で拭い、キリルは浴槽の中に膝立ちになって湯を滴（したた）らせるロランの屹立に唇を寄せる。

前にさせられたときは怖ろしい凶器としか思えなかったのに、いまは大事な相手の大事な部分で、キリルに懐いている素直な小動物のような愛着を覚え、愛玩するように尖端に口づけてから、ちゅぷんと雁首まで含む。

「……んっ、…んぅ、ん……うっく……」

口に入れているだけで舌や粘膜が感じるのはきっと発情期のせいではなく、ロランのものだからだと思いながら、目を伏せて亀頭に吸いつく。

尖端をしゃぶりつつ片手で根元を擦り、片手で大きな嚢を揉んで、手と口をすべて使って夢中で奉仕していると、ロランがキリルの髪をたまらないように撫でまわす。

「……あぁ……この世におまえの舌より極上な快美をくれるものは、おまえの奥しかないな……」

溜息のような声が降ってきて、キリルはその言葉でも感じてしまう。

いままではロランが行為の最中に感想を漏らしたりすることがほとんどなく、最初の頃の自分を貶めるような言葉や、荒い息遣いしか聞いたことがなかったので、感じるままの素直な呻きや讃嘆の呟きにときめかされる。

早く相手が誉めてくれた別の場所の感触も味わってほしくなり、名残惜しく唇でくびれを甘噛みしてからお別れし、キリルは浴槽の端を摑んで腰を上げる。

濡れた白い尻をぷりんと振って水気を払い、無自覚に相手の視線を釘付けにしてから、たぶん発情期だから前戯なしで挿ると思うけれど、前回からだいぶ間があいてるから大丈夫かな、と足を開いて前から片手をくぐらせ、中指をつぷりと孔に忍ばせてみる。

「あっ……」

自分の指をそこに入れたのは初めてだったが、内襞が吸いつくように蠢いて、指をやわやわ包む感触を初めて自分で知り、ついそのまま奥まで潜らせる。

そろりと動かすと気持ちよくて、ん、ふ、と鼻から抜ける声を漏らしながら、初めての後ろの自慰に指が止まらなくなっていると、

「……キリル、これはどういう趣向なんだ。おまえがひとりで達くまで観賞していればいいのか？」

と背後からロランに興味と興奮と面白がるような響きの混じる声を掛けられ、キリルはハッと我に返って己の姿に悶絶する。

慌てて指を引きぬき、

「ちっ、違うのです、久しぶりなのできついかと、ちょっと確かめようとしただけで……！」

わざと破廉恥な姿を見せつけたと思われたら困る、と真っ赤になりながら弁解する。

「いや、視姦だけで達けそうな絶景だった。何事にも探究心旺盛なのは結構なことだし、もっと眺めていたいのは山々だが、そろそろ中に招いてくれるとありがたい」

やっぱりわざと見せつけたと思われてる、と羞恥に染まる顔を懸命に振って違うのだと言おうとしたとき、ロランに腰を摑まれた。

久しぶりに相手の大きいものを味わえる、とこくっと期待に息を飲んで浴槽の縁をぎゅっと摑むと、不意にぬるりと熱い舌を後孔に這わされた。

「ひぁっ……！」

予期していた感触と違い、驚いて足の間から逆さに覗くと、屈んだ相手が尻に顔を埋めながら言った。

「やはり先に、さっきからおまえの指が独占していた私の気に入りの場所に求愛させてくれ」

「え……やぁっ……！」

そこを舐められるのは何度されても恥ずかしいのに、相手はこの愛技が好きらしく、れろれろと遠慮なく縁を舐めまわされるうちに中まで舐めてほしい気持ちにさせられてしまう。

孔に口づけたまま中でぬぷぬぷ舌を動かされ、キリルは両腕を突っ張らせて唇から唾液を湯の中に零しながら喘ぐ。

「……はあっ、あぁっ、ロラ…様っ、これ、やなのに……ごく…もちぃっ……！」

「……恥ずかしがりながら乱れるおまえは、本当に可愛くて絶品だな……」

余計恥ずかしがらせたがるような執拗な舌遣いに翻弄され、

「ロ、ロラン…様、もう来てくださ…っ、中も外も、いっぱい、濡れて、ひくひく、してるからぁっ……！」

舌だけでぐずぐずにとろかされて半泣きで懇願すると、ようやく卑猥な舌技をやめて、ロランが待ちかねたものを押し入れてきた。

「あ、あぁあ……ん……！」

長い禁欲期間のあとだったから、こんなにすごかったかと改めて驚く。

自分の尻には大きすぎるものを飲み込みながらも、正しい鍵穴に鍵がはまるようなしっくりくる思いを噛みしめる。

心がすれ違っていたときも身体は快感を覚えたが、いまはそのときの何倍も気持ち良くて、相手に中に来てもらえて嬉しいと心から思いながら受け入れる。

最奥までおさめ、ロランが感に堪えないように吐息まじりに囁く。

「……この締まり具合を味わえない者らを本気で憐むほど、素晴らしい……」

もちろん誰にも味わわせないが、と続けながら、ロランは深々おさめたまま背中に覆いかぶさるように抱きしめてくる。

大きな身体にすっぽり包まれ、奥にすごいものを受け入れているのに安らぎさえ覚える。

ロランがうなじに唇を寄せ、

「……おまえはどうだ……？　わたしのものは、おまえを悦ばせているか……？　以前、ほかの寝所へ行けとつれなくされたが、こんなものはいらないか……？」

と噛まずに焦らすようにそこに口づけながら、意地悪くずるると腰を引いて出て行こうとする。

キリルは慌てて首を振り、

「……ロ、ロラン様、ダメ、出て行かないで……！　もう二度とほかの方のところに行けなどとは申しません……、これは、わたしだけのものだからっ……！」

誰にも渡すものかときつく内襞で締め付け、言葉だけでなく身体でも独占欲を示すと、ロランはうなじに当てていた唇を開いて歯を覗かせる。

「……私もずっとおまえを私だけのものにしたかったたし、おまえだけのものになりたかった。やっとそうなれる。……キリル、おまえを心から愛している。はじめから、そしてこれからもずっと」

そう告げたロランにがぶりと歯を立てられ、キリルは痛みと愛の言葉に身を震わせる。

わたしも……、とかぼそい声で答えると、吠えるような声で呻いてロランが腰を激しく打ち込んでくる。

「あぁっ、あんんっ、すご、感じるっ…、あっ、あっ、あぁ――っ……！」

心が通じ合った交合は信じられないほどの快感で、キリルはまた後ろだけで達してしまう。

キリルの締めつけに「……う」と踏みとどまるような声を漏らし、

「……おまえの中は、本当にこの世で最高の場所だ……。穢れを知らない無垢なおまえをこれほど淫らで素晴らしい身体にしたのが自分だと思うと、申し訳なくも誇らしい……」

と吐息で言いながら、ロランはキリルのいいところをごりごり擦りあげる。

「あ、あぅ、ロラン様……っ、そこ、いい、きもちぃ、あぁん……っ」

「……おまえは本当に可愛いな……。おまえの最初で最後の男になれるとは、なにに感謝したらいいのかと思うほどだ……」

感無量という声音の呟きを漏らして激しく腰を穿たれる。

あんあんと喘ぎながら、なにも知らなかった自分にはじめて触れて拓いてすべてを教え込んだ相手を振り返る。

「……ロラン様……」

以前はいつ果てるかわからない辛い苦行に早く出て行ってほしいと願ったこともある、いまはいつまでも果てずに自分の中にいてほしいほど好きな男の名を呼ぶ。

「……なんだ、キリル……」

すこしゆったりと、でも腰の動きは止めずに問い返され、キリルは揺れながら潤んだ瞳でロランを見つめる。

「……ロラン様が大好きと、お伝えしたくて……」

どうしてもいま言いたくなった言葉を口にすると、一瞬抽挿が止まり、

「……私もキリルが大好きだ。……くそ、どこまで可愛いんだ、おまえは」

と怒ったような声で呻きながら、唇を塞がれる。

舌を絡めあいながら腰を揺すり、乳首も性器も欲しいと思うところにひたすら可愛がるだけ

の愛撫を施され、何度も何度も擦られた内襞に熱い迸りを受け止める。

これまでいくつものはじめてを自分に教えてきた相手は、今度は身を繋げているだけで嬉しくて涙が出てくる幸せな交合を教えてくれた。

＊＊＊＊

「リンツェット様、すこしおなかが大きくなってこられたようですね。でもおなかだけで、全体的にはふくよかにはなられていませんね。後ろから見るとスッとしたいつも通りのリンツェット様と変わりませんが、前から見ると、おなかがすこし前に膨らんで見えます」

それからしばらく経った午後、リンツェットの部屋でお茶をいただきながらキリルは相手の腹部を興味津々に観察する。

先日の発情期の幸せな交合でたっぷり種を受け止めたので、もしかしたら受胎したかもしれないと期待しているのだが、どういう兆候があれば受胎したとわかるのかゼルガー先生に聞きそびれ、オメガの先達に聞きに来たのだった。

リンツェットの部屋には勤務が休みのアラリックが先客でおり、長椅子に並んで掛けるふたりの向かいでお茶と焼き菓子のご相伴にあずかる。

いまはもう見慣れたのでなんとも思わないが、アラリックはリンツェットを女神のように崇めており、這いつくばって足を舐めろと言われても喜んでやりそうな崇拝ぶりを初めて見たときは意表を突かれた。

……まあ、いまのロランもわたしがそう言えばやるかもしれないけれど、と心の中で思いつつ、リンツェットの手製の美味しいマドレーヌを食べていると、向かいでアラリックがリンツェットの腹部を優しく撫で、「リンリン、ご機嫌はいかがですか?」などと伯爵夫人にでも話しかけるような調子でお腹に向かって恭しく声をかける。

アラリックの命名でお腹の子の仮の名前を「リンリン」にしたらしいが、よくリンツェット様がそんな変な名前を許したな、と思っていると、本人も「あ、いまリンリンが動きました」などとたおやかに口にしていて内心驚く。

アラリックはリンツェットが小さくコホッと咳でもすると膝掛けや肩掛けをかけたり、ちょっと首を傾げただけで、首筋や肩のツボをほぐしたり、軽く視線を向けられただけで最高に麗しい表情で笑みかけたり、挙句に妊夫になってからもますます美しい恋人をたたえる自作の歌を、最初に似合いそうだと想像したとおりに竪琴を爪弾きながら披露したり、わたしはここになにをしにきたんだっけ、とうっかり忘れるほどの崇拝ぶりを観賞させられる。

ダウラートの国民性で恋人にマメに尽くすのが好きな男が多いのだろうか、と思いながら、何番まで続くのかわからない恋歌を中断させるのも失礼かとひたすらマドレーヌを口に運んで時間を潰す。

さすがにリンツェットが途中でやんわり止めてくれ、キリルに話を向けてくれた。

「実は、受胎したら身体にどんな兆候（ちょうこう）が表れるのか、リンツェット様にお聞きしたくてお訪ねしました」

そう言うと、ふたりは「えっ！」とキリルにそれらしい兆候があったのかと色めきたつ。いえ、まだなにもないのですが、いざというときの参考にさせていただきたくて、と言うと、リンツェットは微笑んで教えてくれた。

「人それぞれいろいろな症状があるようなのですが、私の場合は発情期が三ヵ月ほど来ず、すこし風邪のようなだるさがあったり、眠気もありました。あとは吐き気で気づいたのですが、もっと早い段階でも唾液で受胎の有無（うむ）がわかるお薬がありますから、キリル様にも差し上げますね」

それにしても、あんなに陛下につれないご様子だったキリル様から受胎の御相談をされる日がくるなんて、と感慨深そうに微笑まれ、キリルはうっすら赤面する。

「いや、わたしがつれなかったのではなく、陛下がつれなかったのです。おふたりの前ではまともに振る舞っていたのでしょうが、陛下は以前本当にわたしの前ではとんでもなく鬼畜な暴君だったのです」

自分がロランの気持ちを知らない頃から本心を知っていたふたりには、キリルが一方的にロランを拒絶していたと思われているようなので、一生懸命相手のほうに問題があったのだと主張していると、アラリックが言った。

「キリル様、陛下は十代の頃は奴隷の身から自由民の身分を買うために、召使いの仕事に加えて寝る間も惜しんで働くのに手一杯で、恋などしている暇もなく、軍役についたらまた戦場から遠征の途で過ごすばかりで、まともに愛だの恋だのにかかずらうゆとりがなかったのです。そんな陛下が初めて出会った本気の恋のお相手がキリル様なので、手管もこなれずさんざんなお振舞いだったのは致し方なかったと大目に見て差し上げてくださいませんか？」

「……え、初めての恋……？」

そんな初々しい言葉とロランがいまひとつ結びつかないが、たしかに環境的に、ほのかに憧れる人や性欲処理に遊ぶ相手はいたかもしれなくても、本気の相手とは出会っていなかったと言われたらそうなのかもしれない。

自分も森の隠れ家から初めて外に出て出会った最初の相手がロランで、いきなり結婚から始まって、あとから恋に落ちたけれど、自分にとっても初恋の相手である。初恋が番の相手なんて本当に運命的で、ロランもそうだったと聞いたらときめかずにはいられなかった。

嬉しくて顔がゆるんでしまいそうで、急いでマドレーヌをいくつも頬張って誤魔化し、リンツェットに妊娠検査薬の錠剤をもらって機嫌よく部屋を辞す。

自室に戻るとクルスとリオドルスが話をしながら待っていた。

ロランはキリルと番になって安心したからか、やや寛大さを取り戻してリオドルスをキリル付きの従僕に戻してくれた。

ただしクルスも残したままで、ふたりだけには絶対させないというあたりがまだ寛大ではないが、ひとまず親友とまた一緒にいられるのが嬉しいし、リオドルスも喉輪で投げ飛ばされたり地下牢に繋がれたりしたので、もう懲りて諦めをつけてくれたようで、昔どおりの忠実な従僕として振舞ってくれ、クルスとも仲良くやってくれている。

部屋に帰ってきた途端、マドレーヌで腹が満たされたせいか昼寝がしたくなってしまい、キリルはふたりに断って寝台に横になった。

ちょっとうたたねするつもりが、ロランが夕食に戻ってくるまで熟睡してしまい、起こされて急いで食卓につく。

百戦錬磨の性豪のような澄ました顔をして、わたしが初恋だそうですね、といつからかってやろうかとワクワクしながら香辛料の強い魚料理を食べようとして、胸やけがしてナイフを持つ手が止まる。

「キリル、どうした？　食べないのか？」

向かいからロランに訊かれ、キリルは胃のあたりをさすりながら、

「……申し訳ありません、実はさっきリンツェット様のお部屋に遊びに行って、おやつにマドレーヌを大量にいただいてしまって……、アラリックの歌がなかなか終わらなかったもので、手持ち無沙汰(ぶさた)でつい……」

また甘い物に食い意地を張ったのかと思われてしまう、と赤面しながら弁解していると、胃もたれより強い吐き気がこみ上げてきた。

ちょっと失礼します、と口を覆(おお)って浴室に駆けこみ、洗面台でえずいていると、ロランが追いかけてきた。

「……キリル、もしかしたらそれはマドレーヌの食いすぎではなく、身籠(みご)ったのでは」

「えっ……！」

驚いて顔を上げると、鏡越しに期待の宿る切れ長の瞳とかち合う。

いや、これはたぶんマドレーヌのせいだと思います、すごい量を食べたので、と正直に言うと呆れられそうなので、洗面台にリンツェットからもらった検査薬の白い粒を置いて、口の中に溜めた唾液(だえき)を落としてみる。

唾液を垂らしても変化がなければ受胎しておらず、薄紅色(うすべにいろ)に変色すれば受胎していると言われたと伝えて、ふたりでじっと錠剤を見ていると、じわじわと薬の色が紅く染まっていく。

ハッとして目を上げると、ロランも同じように驚いた顔でキリルを見、すぐに喜びも露(あら)わに

抱き上げられた。

「でかしたぞ、よくやった、キリル！　やっぱり食いすぎじゃなかったな！」

変な言葉で喜ばれて苦笑しつつ、相手が嬉しそうなことが一番嬉しい気がして首にすがりつく。

腹がまだ平らなので本当に受胎したのか実感はないが、キリルは以前から懸念していたことをロランに打ち明けてみる。

「……あの、こうなったからには頑張る気なのですが、前に衆人環視の中で分娩する決まりだとおっしゃったでしょう？　でもわたしはロラン様しか知りませんし、よそで誰かが産んだ別の子と我が子をすり替えたりするつもりもないので、本当にわたしの胎内から生まれた子か、たくさんの人に検分されながら出産するのは嫌なのですが……。医師や産婆が立ち会うのは仕方ないとしても、あとはロラン様だけで充分じゃないかと……」

たくさんの廷臣たちに覗かれながら大股を開いて産むなんて堪えがたいと訴えると、ロランは即答した。

「わかった、そうしよう」

そんな簡単に破っていい決まりなら最初から言わないでほしかったと思ったが、ひとまず気が重かった懸案が取り除かれて安堵する。

部屋に戻り、魚料理の香辛料の匂いをまだ受け付けなかったので片づけてもらい、果物を持ってきてもらってふたりで長椅子に並んで掛ける。

皿に並んだ桃と梨と葡萄のどれがいいか、剝いてやるぞ、とロランが甲斐甲斐しく言ってくれたが、また吐くのが嫌だったので葡萄を一粒だけ口に入れてもらう。

そういえば、とキリルはロランを見上げ、

「ロラン様、明日はピエトラに乗ってご一緒に遠乗りに行くお約束でしたが、どうしましょう」

前からの約束を思い出して問うと、ロランは即座に首を振った。

「駄目だ、いま馬に乗るなんて。もうすこし安定期に入ればいいかもしれないが、それまでは大事にしないと」

「……わかりました」

心が通じ合ってからは過保護気味だった相手が受胎を機にさらに過保護になりそうで、キリルは小さく溜息をつく。

乗馬の練習が実を結び、ひとりでもうまく乗りこなせるようになってきたので、ロランの愛馬のシークと、キリルの白馬のピエトラに乗って、ダウラートの都が一望できる景色のいい丘まで一緒に行ってみようという約束をしていた。

楽しみにしていたのですこし残念だが、また次の機会まで待とう、と思っていると、ロランもなにかを思い出したように立ち上がり、扉近くの荷物置きにしている小テーブルから手紙を持って戻ってきた。

「渡しそびれていたが、コルトーの御両親から手紙が届いたぞ。返事を書くときに、受胎したことをご報告するといい」

きっと喜ばれるだろう、と続けた相手の瞳にかすかな憂いが混じっている気がして、やっぱりせっかく授かった初めての子を手放すのは淋しいのかな、わたしもすこし淋しいけど、もっと十月十日一緒にいたらすごく淋しいと思うかも……、と思いながら手紙に目を落とす。

両親の近況が綴られた手紙を読み進め、キリルは「えっ⁉」と途中で叫ぶ。

どうした、とロランに問われ、キリルはあんぐりした顔で報告する。

「……あの、まさかなのですが、実は、コルトーの母も懐妊されたとのことで……、ですので母上がご無事にご出産されたら後継ぎにするから、わたしたちの子は自分たちで育ててくれと」

なに、とロランが手紙を奪うように自分の目でも確かめ、は……、と放心したような息を吐いてから、一点の曇りもない満面の笑みを浮かべてキリルを横抱きに膝に乗せた。

「よかった……！　自分で第一子をコルトーの跡継ぎにと申し出てしまった手前、こちらから覆すわけにもいかず、切なく思っていた。是非ご母堂には元気な御子を産んでいただこう。妊婦にいいと言われているものはなんでもお送りしなくては。もちろんおまえにも用意するが」

チュチュチュ、と顔じゅうにキスを浴びせてくるロランのはしゃぎように、キリルも笑みを浮かべてキスを受ける。

これで受胎にまつわる大きな懸案事項がふたつともなくなり、残るはお産が怖いという一点だけだが、ロランが喜ぶならきっと頑張れると相手の笑顔を見ながら思う。

ひとしきりキスをしたあと、ロランがキリルの腹にあたたかく大きな手を重ねながら呟いた。

「……そういえば、アラリックがリンツェットのリンを取って『リンリン』と腹の子を呼んでいるらしいが、私たちの子はキリルのリルを取って『リルリル』にするか。『キリキリ』ではあまり可愛くないからな」

「……え？」

もしかしてダウラートには腹の子に変なあだ名をつける風習があるんだろうか、とキリルは訝（いぶか）しむ。

でも真顔だし、本気で言っているのかもしれないから、そんな馬鹿みたいな名前で胎児を呼びたくないと無下（むげ）に断るのも失礼かも、としばし考え、キリルはロランを見上げる。

「ではロラン様、キリルのキとロランのランをくっつけて『キラン』というのはいかがですか？」

リルリルよりマシなのでは、とひそかに思いながら提案すると、ロランは満足そうに頷いた。

「気に入った。生まれたあとも、そのまま『キラン』と名付けよう」

「え……」

もっとじっくり考えなくていいのか、と思ったが、相手が嬉しそうだったので、まあいいか、とキリルは苦笑する。

まだ受胎したばかりで、これから出産までの道のりもいろいろあるだろうし、生まれてからも大変かもしれないが、ロランと一緒ならなんとかなるだろうと思える。

自分の人生の第三章は、新しい家族を授かったところから始まるのだと思うが、今度は幸せな新章になるに違いないと心から信じられる。

以前はきっと最後のページまで辛い第二章が続くのかと思っていたのに、こんな風に自分の物語が変わるなんて思ってもいなかった。

第二章では敵役(かたきやく)として登場し、いまは最愛の伴侶に変わった相手に笑みかける。

まだなにも書かれていない白いページの明日を心待ちにできる幸せを噛みしめながら、キリルは愛するロランに口づけた。

あとがき

AFTERWORD

―小林典雅―


こんにちは、または初めまして、小林典雅と申します。

今回は架空の中世ヨーロッパ風の国を舞台にしたオメガバース物に挑戦してみました。

告知が雑誌に載ったあと、お手紙やメールをくださった読者様のほぼ全員に「典雅さんがオメガバース物、しかもイラストがあの笠井あゆみ先生ってマジですか!?」「目を疑って二度見しました」などと一様に驚愕されました。私も驚いたので、お気持ちよくわかります（笑）。

普段はラブコメを書かせていただいているので、既刊をご存じのかたはイメージしにくかったかと思いますが、一応過去にもシリアス（に始まってコメディで終わる）エロ特化を書いたことがありまして、今回も神絵師さまの笠井先生に描いていただけるせっかくのチャンスをいただけたので、全力でエロとロマンス増量を目指して頑張りました。

今回の自分的萌えポイントは、仇と結婚しなければならない王子萌え、マントと王冠と靴下止め萌え（時代的にガーターとは表記しませんでしたが、ガーターです）、身長差・体格差・年齢差萌え、元奴隷の下剋上攻と箱入り受萌え、ひそかに想い続けるアンドレ系当て馬萌え、愛されてるのに気づかない鈍感受萌え、実は仇名好き攻萌えなど、好きツボを詰め込んで楽しく書かせていただきました。

このお話を書こうと思ったきっかけは、以前から秀吉とお茶々の関係に興味があり、親兄弟を殺した仇で、父親くらい年上の権力者の側室にされて子を産まされる女性の心はどんなものなんだろう、と一度そういう設定で書いてみたい気があったのですが、ＢＬでは無理だな、と諦めていました。

　でも昨今のオメガバース隆盛のいまなら書けるかも、と担当様にお伺いしたら、「すごく読んでみたいです」と言っていただけて、調子に乗って「じゃあイラストは笠井あゆみ先生に描いていただけたら死ぬほど嬉しいんですけど」と叶うわけないと思いながら口走ったら、奇跡的にＯＫしていただけたのでした。笠井あゆみ先生、お引き受けくださり、神絵を描いてくださって本当にありがとうございました！

　いつもは優しくて穏やかな溺愛攻を書くのが好きなのですが、いつも同じテイストではいかんかな、と今回は鬼畜俺様攻に初チャレンジしてみました。

　キリルにご無体をするシーンでひどいことを言ったりやったりするのですが、ついこういうことする攻は苦手だな、と手ぬるくしそうになり、ダメダメ、ツンは最後にデレるときの喜びのためにツンを極めないと、と心を鬼にしてご無体させました（それほどじゃないかもしれませんが、当社比では結構鬼畜なんです、あれでも）。

　今作のオメガバース設定はオーソドックスなもので、オリジナル要素がほぼないのですが、オメガがヒエラルキーの最底辺で、発情期にモブのアルファたちに好き放題されてしまうという可哀想設定がすごく苦手なので、オメガが当然のように虐げられる弱者としては描いていません。

あと現代物を書くときも、男同士のカップルや周りと違う人たちも自然に受け入れられる社会だったらいいな、と思っていて、あまり深刻に背徳感や禁忌に苦しむカップルや激しく攻撃してくる周囲の人々とかは書かないのですが、今回も王の伴侶が王子でも国民が普通に受け入れる平和設定にしてしまいました。

オメガバースの萌えどころをあちこち外しているかもしれませんが、ロランとキリルの運命の番と気づくまでのすれ違いラブをすこしでも楽しんでいただければ嬉しいです。

今回はあとがきページが長くて、あとはなにを書こうかな……、あ、そうだ、いつかこれを言わなくちゃと思っていたことを思い出しました！　私のＰＮについて、有名オ○グッズ会社の㈱典雅とかぶるとさんざん笑い物にされてきましたが（笑）、私が文庫デビューしたのが２００４年、ＰＮを決めて投稿したのが２００３年で、㈱典雅の創立は２００５年だそうなんです！　だから偶然かぶっただけなので、そこんとこよろしくお願いします！（なにを）

では、ここまで読んでくださってありがとうございました。ちょっと毛色は違うかもしれませんが、読後感はいつものビタミンＢＬになっているのではないかと思います。

蛇足ですが、巻末にリオドルス救済のＳＳを書いたので、そちらもお楽しみいただければ幸いです。また次の本でお目にかかれますように。

「ただいま戻りました」

リオドルスが昼食の膳を片付けて厨房から戻ってくると、クルスが赤い巻毛を揺らして駆け寄ってきた。

「お帰りなさい。先ほどからキリル様が食後の午睡中なのですが、ちょっとどうしたらいいのか困っていて、リオドルスさんにお伺いしようとお待ちしておりました」

「どうかしたのか？　なにかキリル様のお具合でも……？」

まだ懐妊して間もないので特につわりなどはないようだが、はじまったのかもしれないと思いながら確かめると、クルスは困り顔で首を振った。

「いえ、すやすやお寝みなのですが、陛下のマントをぎゅっと抱え込んでおいでなのです。皺が寄ってしまいますし、そっと引き抜こうとしたのですが、お身体の下にも敷かれてくるまるように眠っていらっしゃるので、うまく抜き取れず……」

寝所の入口から覗くと、寝台の上で黒いマントに埋もれるように眠る主の姿が目に入る。

ツキンとごくかすかな胸の痛みを感じないわけにはいかなかったが、リオドルスは顔には出さずに隣から見上げてくるクルスに言った。

「……あれでは私にもキリル様を起こさずにマントを抜くことはできないよ。オメガには番の相手の衣類を集める巣づくりの習いがあるそうだし、陛下が身に着けていらしたものがあると落ち着かれるのかもしれない。お目覚めになったら急いで湯気を当てて皺を取れば大丈夫だよ。それに陛下はほかにもマントをお持ちだから、お気になさらないだろうし」

むしろキリル様が自分のマントに顔を埋めて寝ていたと知ったら喜んで、もっと巣づくり用にどっさり衣類を用意しそうな気がする、とリオドルスは小さく口許に苦笑を刷く。

過日、陛下の不在の折に、魔が差して発情期を迎えた主に積年の恋情を打ち明けて想いを遂げようとしたところを見つかり、獄に繋がれたときのことを思い出す。

鞭打ちの刑を宣告されたが、回数は言われなかったので、もしかしたら死ぬまで打たれるのかもしれない、と思いながら冷たい石壁に両腕を磔にされたまま朝を迎えると、老いた獄吏ではない足音が近づいてきて、陛下本人が独房に入ってきた。

鋭い眼光で見据えられ、「……言い残すことはあるか」と低く問われたので、やはり殺されるのだと覚悟を決め、最後なら恐れずにひと言言わせてもらおう、とリオドルスは目を上げて口を開いた。

「……畏れながら申し上げます。どうかキリル様をもっとお大切になさってください。陛下はキリル様の香りやお身体以外ご関心がないのかもしれませんが、キリル様は美しく聡く愛すべきお人柄で、男娼のように扱っていい御方ではありません」

どうせ処刑されるなら、せめて想う相手がこのさき心穏やかに暮らせるようにと命知らずな諫言をすると、相手はしばし無言でリオドルスを見返し、ぼそりと言った。

「……そんなことはおまえに言われなくてもわかっている」

どこか拗ねた少年めいた語調に内心驚いていると、

「……キリルもおまえも誤解しているが、私はあれの香りに惑わされただけでも、同盟のために渋々娶ったわけでもない。ひと目で心を奪われたから伴侶にしたのだ」

「……え⁉」

さらに意外な返答に驚いて思わず聞き返すと、相手はうっすら目許を赤らめ、仏頂面で視線を逸らした。

リオドルスの手首が嵌められた壁の拘束具の鍵を外しながら、

「……遺言を聞くような言い方をして脅かしたが、キリルのたっての願いで、今回の件については不問にする。ただ、今後はアラリックに仕えるように。以前からキリルが特別に心を許すおまえをそばに置くのは心配だったが、引き離すと余計キリルに恨まれそうでできなかった。しばらく頭を冷やして片想いにケリをつけろ。そして、今後は二度と私のキリルに手を出すことは許さんぞ」

と釘を刺される。

私のキリル、という言葉を反芻しながら、「肝に銘じて二度と間違いは起こしません」と誓う。

　相手がとてもそうは見えない態度を取りながら、実は自分の主を憎からず想っていることを初めて知り、リオドルスは意外に思いつつも、ひそかに安堵する。

　自分のものにはできなくても、主には幸せになってもらいたいので、陛下がこのさき心を入れ替えて主に優しくしてくれるなら、自分の恋を悔いなく諦められると思った。

　それからしばらく離れている間に暗殺未遂事件が起き、ふたりが想いを確かめあって真の番になったあと、またキリル様付きの従僕に戻されたが、もう以前のような激しい感情を無理に押さえつけることはなくなっていた。

　番になってからのふたりの両想いぶりは他人の入り込む余地のない、余計な気を起こす隙もないほどで、睦まじい姿に時々胸をかすめる痛みがないわけではないが、このまま時が過ぎれば薄らいでいくに違いない。

　そんなことを思いながら寝所の入口から離れようとしたとき、隣からクルスが遠慮がちに言った。

「……あの、私はベータで巣ごもりの習いはないのですが、もしよろしければ、リオドルスさんのハンカチとか、なにか身に着けていたものを、いただけないでしょうか……？」

「……え？」

　足を止めて見おろすと、クルスは髪と同じくらい顔を赤くして、しどろもどろに付けたした。

「すみません、図々しく……、あの、私はまだ新米の従僕で、いろいろ予期せぬことが起こるとすぐ慌ててておろおろしてしまうのですが、リオドルスさんはいつも落ち着いていて、私の憧れなので、もしリオドルスさんのものをお守り代わりに肌身離さず持っていたら、私もすこしはあやかれるのではないかと思いまして……」

ずっと恋してきた相手にはないそばかすの散る小さな顔を見つめ、リオドルスは微笑を浮かべる。

「これでよければどうぞ。そんなたいした効き目はないと思うけど」

ポケットからハンカチを差し出すと、クルスは目を輝かせて両手で大事そうに受け取った。

もしまた誰かを好きになれるとしたら、こんな風に自分を見つめてくれる相手がいいな、とリオドルスはひそかに思った。

この本を読んでのご意見、ご感想などをお寄せください。
小林典雅先生・笠井あゆみ先生へのはげましのおたよりもお待ちしております。

〒113-0024　東京都文京区西片2-19-18　新書館
[編集部へのご意見・ご感想] ディアプラス編集部「深窓のオメガ王子と奴隷の王」係
[先生方へのおたより] ディアプラス編集部気付　○○先生

- 初出 -
深窓のオメガ王子と奴隷の王：書き下ろし
恋の予感：書き下ろし

[しんそうのおめがおうじとどれいのおう]
深窓のオメガ王子と奴隷の王

著者：小林典雅 こばやし・てんが

初版発行：2020年3月25日

発行所：株式会社 新書館
[編集] 〒113-0024
東京都文京区西片2-19-18　電話（03）3811-2631
[営業] 〒174-0043
東京都板橋区坂下1-22-14　電話（03）5970-3840
[URL] https://www.shinshokan.co.jp/

印刷・製本：株式会社 光邦

ISBN978-4-403-52504-9